# 사랑, 입니까

사랑, 입니까

# 사랑, 입 니까

박혜지 소설

청색종이

# 사랑, 입 니까

박혜지 소설

무늬

*나는 사람을 죽이려 한다. 이 세상 단 하나의 사람. 나의 사랑.*

*

20년 만의 재회였다. 많은 시간이 흘렀지만 나는 그를 한눈
에 알아보았다. 처음 마주친 순간 불도장을 찍듯 가슴에 와 박
혀버린 사람. 내 가슴속에 새겨진 빛과 그림자가 고스란히 걸
어 나와 바로 내 눈앞에 잠든 척 누워 있었다.

*

아무것도 할 수 없는 무력한 몸뚱이에서도 수염과 머리카
락은 계속 자라났다. 손톱과 발톱도. 물기 없는 그것들은 뻣뻣
하거나 단단했지만 그래도 조금씩, 꾸준히 자라났다. 그것들
때문에 나는 그가 살아 있다는 것을 믿을 수 있었다.

그의 팔과 다리는 언젠가 박물관에서 봤던 미라를 닮았다.

나는 그의 돌출된 어깨뼈를 가만히 만져보았다. 단단한 듯하면서도 금방 바스러질 듯 위태로운 어깨뼈였다. 그러나 젊은 시절 그의 어깨뼈는 그 어떤 성곽보다 듬직하게 그와 그의 가족을 지켜주었을 것이다. 나는 가만히 다가가 그의 어깨에 입을 맞추었다. 그러고는 나의 앞니를 박아 넣었다. 아무것도 할 수 없는 무력한 몸의 저 안쪽이 미세하게 떨리는 게 느껴졌다.

그의 몸을 돌려 등을 닦았다. 척추를 따라 툭툭 불거진 뼈가 보였다. 젖은 수건을 내려놓고 집게손가락으로 뼈들을 가만히 훑어 내렸다. 딩동댕, 금방이라도 음악 소리가 울려 퍼질 것 같았다. 손가락에 힘을 주어 다시 한번 훑어 내렸다. 서서히 소멸을 향해 가고 있는 뼈들이 아무 저항 없이 손가락 아래에서 어두운 음률을 연주했다. 종자기를 잃은 백아가 거문고 줄을 끊어내듯 저 가지런한 뼈들의 질서를 일순간 흩어버리고 싶다는 생각이 들었다. 모로 누운 그의 몸을 지탱하고 있던 한쪽 손을 급히 떼어버렸다. 무력한 그의 몸이 털썩 제자리로 돌아갔다.

기저귀를 벗겨 내자 지린내가 훅 풍겨 왔다. 울컥 욕지기가 일었다. 냄새 때문이 아니라 물큰하고 묵직한 느낌 때문이었다. 저 건조한 몸에서 아직도 빠져나올 수분이 이렇게나 많다니, 더럽게 질긴 목숨이 역겨웠다. 기저귀를 대충 뭉쳐 침대

발치에 아무렇게나 던져놓았다.

축 처진 그의 성기에 젖은 수건을 가져다 댔다. 그것은 마치 동면에 든 개구리 같았다. 한때 그것은 손가락이 스치기만 해도 불끈, 힘차게 일어서곤 했을 것이다. 그러나 지금은 아무리 따뜻하게 애무를 해도, 아무리 부드럽게 핥아도, 아무리 격렬하게 빨아도 꿈쩍하지 않는다. 어쩌면 다행인지도 모른다. 만약 기능을 잃은 그의 몸 중 성기만이 나의 손길에 반응했다면 나는 그의 성기를 잘라버렸을 것이다. 아니면 매일매일, 시도 때도 없이 성기만 살아 있는 그의 몸뚱이에 매달려 미친년처럼 요분질을 쳤을지도 모른다. 냄새나는 그의 성기를 입속에 넣을 때마다 나는 눈물을 흘렸다. 그렇지만 내가 왜 우는지는 알 수 없었다. 분명한 건, 죽어가는 그가 불쌍해서는 아니었다.

씻겨놓은 그는 겉으로 보기에 말끔해 보였다. 그러나 옷으로 가려놓은 그의 몸 곳곳에는 내가 만들어놓은 무늬들이 자라나고 있다. 그것들은 나의 이 모양을 따라 붉은 꽃을 피우기도 하고, 나의 손길이 지나간 자리마다 멍울멍울 검푸른 자국을 남겨놓기도 한다. 그러나 나는 그의 가족들이 그 사실을 알까 두려워하지 않는다. 그의 가족들이 그의 옷을 들춰 그의 몸에 찍힌 현란한 무늬들을 볼 확률은 0에 가깝다. 그의 가족들이 그가 빨리 죽기만을 바란다는 사실을 나는 처음부터 알고 있었다. 그래서 그의 몸에 무늬를 남겨놓은 것은 아니지

만, 안심은 된다. 그의 마지막 순간을 볼 수 있는 사람은 나밖
에 없다.

*

돈을 받고 아픈 사람을 돌보는 일이 나의 직업이다. 나는 직
업상의 이유로 이 집에 왔고, 그를 만났고, 아픈 그를 돌봤다.
돈을 받는 건 당연했다. 그런데 이 기분은 뭐란 말인가. 돈을
받은 후의 그는 돈을 받기 전의 그와 달랐다. 갑자기 그가 낯
설어졌다. 통장 잔액을 괜히 확인했다는 후회가 밀려들었다.
처음으로 그가 미워졌다. 아무것도 하지 않고 오랫동안, 아주
오랫동안 그의 얼굴만 들여다보다 집을 나섰다. 그의 아내는
퇴근과 동시에 역겹게 진동하는 지린내와 구린내를 맡게 될
것이다. 그녀는 나를 욕한 뒤 계약을 해지하자고 할까? 이러
든 저러든 상관없다고 생각했다.

버스 창밖으로 높낮은 건물들이 줄줄이 늘어서 있고, 그 너머
하늘에는 붉은 노을이 지고 있었다. 내가 지금 누군가를 죽인다
면 저 노을 때문이다, 생각하고 피식 웃었다. 〈이방인〉의 주인
공 뫼르소도 아니고, 감상이 지나쳤다. 내 꼴이 퍽 우스웠다.

그러나 살다보면 아름다워서 눈물나는 것들이 있다. 때론
햇빛이나 노을이 날카로운 비수가 되기도 한다. 그런 아름다
운 것들이 비수가 되는 순간 사람은 사람을 찌른다. 그리고 눈
물을 흘리는 것이다. 그럴 때의 눈물은 속죄하는 마음 때문에

흘리는 것이 아니다. 나와는 상관없이 독립적으로 존재하는 아름다움 때문에 나도 모르게 저절로 흘러나오는 것이다. 아름다운 날, 왜 사람이 사람을 찌르는지 나는 충분히 이해할 수 있다.

*

비가 왔다. 아파트 창문 너머로 내리는 비를 오래 바라보았다. 비는 꾸준하고도 조용하게 내렸다. 하늘은 어둡고, 비는 끊임없이 내렸으나 아무렇지 않았다.

더럽혀진 기저귀를 찬 채 역겨운 냄새를 풍기는 그를 버려두고 갔지만 나는 잘리지 않았다. 그 어떤 항의도 듣지 않았다. 대신 기저귀에서 샌 오물로 더럽혀진 침대 시트를 손으로 박박 문질러 빨아야 했다. 밤이 새도록 오물 위에 오물을 더하며 처참했을 그가 가여웠지만, 한편으로는 그의 가족의 무신경이 놀랍고 고마웠다.

그는 홀로 숨 쉬고, 눈을 뜨고 무엇인가를 본다. 말을 하지 못하고 몸을 움직일 수 없으므로 자신의 의사를 정확히 전달하지 못할 뿐, 그는 어쩌면 모든 것을 느끼고 사고하고 있는지도 모른다. 멍한 그의 눈동자가 아무것도 담지 못할 거라고 믿는 것은 그의 눈동자를 바라보는 사람들의 생각일 뿐, 어쩌면 그는 자신의 눈동자를 스쳐가는 모든 사물들과 사물들의 그림자까지도 선명하고 날카롭게 담아내고 있는지도 모른다.

그의 얼굴 가까이 내 얼굴을 갖다 댔다. 그의 눈동자에 내 얼굴이 담길 수 있도록. 그리고 나 또한 그의 얼굴을 자세히 보았다. 그는 많이 늙고 못생겨졌다. 20년 전에는 그가 이렇게 못생겨질 거라고는 상상도 하지 못했다. 더 가까이 다가가 그에게 입을 맞추었다. 그의 입술에서 죽음의 맛이 느껴졌다. 그의 마른 입술을 잘근잘근 깨물었다. 그렇게 하면 죽음의 그림자를 질겅질겅 씹어 삼킬 수도 있을 것 같았다. 감은 눈 저쪽에서 섬광이 번쩍였다. 본격적으로 비가 내리기 시작했다.

*

그의 집에 간 지 이 주 만에 그의 아내로부터 현관문 비밀번호를 받았다. 낯선 번호. 분명 그와는 관계가 없는 번호일 것이다. 그가 가족에게 짐이 되기 시작했을 때부터 그는 숫자로부터 점점 소외됐을 것이다. 그가 가족들과 공유했던 비밀번호들이 점차 낯선 숫자들로 바뀌고, 생일을 비롯한 각종 기념일도 사라졌을 것이다. 더 이상 울리지 않는 휴대전화는 계약이 해지되었을 것이고, 그가 가진 신용카드와 통장들도 모두 쓸모없는 것들이 되었을 것이다. 이제 그에게 남아 있는 숫자들이란 더디 가는 시간뿐이다. 죽지 않아서 남아 있는 시간들, 가족들을 진저리치게 하는 시간들.

그의 여윈 손을 가만히 잡아보았다. 이 손으로 그는 끊임없이 새로운 숫자들을 창출하며 그의 가족들을 먹여 살렸을 것이다. 이제는 마른 삭정이처럼 변해버렸지만, 나는 그의 손을 사랑했다. 나를 어루만지고 위로해주던 시간보다 그의 가족을 위해 사용한 시간이 훨씬 더 많은 손이지만 나는 여전히 그의 손을 사랑한다.

그의 손을 뒤집어 손바닥에 그의 집 현관문 비밀번호를 썼다. 나의 손가락이 지나간 자리마다 낯선 번호들이 나타났다 사라졌다.

"잊지 말아요. 이 숫자는 당신 거야."

그의 귀에 대고 속삭였다. 그 순간 그의 눈에 눈물이 글썽였을까? 나는 그렇다고 생각한다. 그의 손을 들어 올려 손바닥에 입을 맞추었다. 그의 손바닥과 내 입술 사이에서 보이지 않는 숫자들이 날카롭게 꿈틀거렸다.

*

나는 그를 위해 울지 않는다. 지극한 슬픔이란 한낱 눈물 따위로 설명되지 않는다. 그 또한 나를 위해 울지 않기를 바란다.

*

늦은 밤, 지하철역에서 키스하는 연인을 봤다. 그의 아내는 밤 11시가 넘도록 들어오지 않았다. 그런 날이 많았을 것이다. 혼자서는 아무것도 할 수 없는 남편을 버려둔 채 밤이 늦도록 돌아오지 않는 날들 말이다. 그러나 나는 그의 아내를 탓하지 않는다. 그런 일은 충분히 있을 수 있다. 설사 그 시간에 죽어 가는 남편을 집안에 방치한 채 달콤한 연애에 빠져 있었다 할지라도 나는 그의 아내를 용서할 수 있다. 그건 그의 도움과 노력으로 성장한 그의 아들에게도 마찬가지다. 낯선 나라로의 유학이 학문을 위해서가 아니라 이제는 지쳐 나가떨어진 아버지를 피하기 위한 것이었다 해도 나는 그를 비난하지 않는다. 어쩌면 그는 좋은 남편, 좋은 아버지가 아니었을지도 모른다. 설사 그가 좋은 남편, 좋은 아버지였다 해도 인생의 막장에 무참히 버려지는 일은 얼마든지 일어날 수 있다.

밤의 지하철역에서 열렬한 키스를 나눈 연인이 각자 다른 방향으로 가고 난 후에도 나는 오래도록 그 자리를 떠나지 못하고 있었다. 역사를 오가는 사람들 따위 아랑곳하지 않는 그들의 몰입을 보아버린 나는 문득, 외로워졌다. 그리고 이제는 허깨비가 되어 돌아온 내 남자가 맹렬히 그리워졌다. 당장에라도 그에게 달려가고 싶은 마음과 절대로 그래서는 안 된다는 마음이 팽팽하게 줄다리기를 했다. 만취한 사람처럼, 나는 비틀거렸다.

어떻게 지하철에 올랐고 집까지 왔는지 기억나지 않는다. 검은 지하철 창문에 하얗게 떠오른 내 얼굴이 내내 무서웠다는 기억밖에는. 집으로 돌아와 찬물이 쏟아지는 샤워기 아래선 후에야 비로소 정신이 들었다. 거울에 비친 내 모습을 보지 않으려 애썼지만 그럴 수 없었다. 거울 속의 나는 옷을 입은 채 물이 쏟아지는 샤워기 아래 서서 흠뻑 비를 맞은 개처럼 떨고 있었다. 순간, 그리움도 죄가 될 수 있다는 것을 깨달았다. 나는 바늘 끝처럼 날카롭게 파고드는 차가운 물줄기를 맞으며 그 밤 그에게 달려가지 않았다는 사실에 깊이 안도했다.

*

그가 항상 그리운 것은 아니었다. 그렇지만 그를 잊을 수는 없었다. 그렇다고 홀로 견뎌 온 내 오랜 시간들이 그의 탓은 아니다. 살다 보면 그냥 그렇게 되는 일들이 있다.

나는 운명에 순응하는 사람은 아니다. 운명이란 것이 있다고 믿어본 적도 없다. 다만 나는 지나간 과거에 대해 연연하지 않을 뿐이다. 다시 옛날로 돌아갈 수도 없거니와 설혹 돌아간다 하더라도 그때 했던 것과 똑같은 선택을 할 거라는 걸 너무나 잘 알고 있기 때문이다. 그래서 후회하지 않느냐고? 아니, 후회한다. 뼈저리게 후회한다. 다른 사람으로 다시 태어나고 싶다고 생각할 만큼. 그러나 반성과 후회는 다르다. 나는 과거에 대해 반성할 것이 없다. 따라서 과거가 내 발목을 잡아야 할 이유도 없다. 나는 그렇게 생각한다. 그렇게 생각하기로 했다.

*

아직은 그 혼자 숨을 쉴 수 있다. 스스로 숨을 쉼으로써 그는 그의 시간을 굴려가고 있는 것 같다. 어떻게든 살아보려는 노력을 그렇게 하는 것 같다. 그가 힘겹게 호흡을 하는 것을 지켜볼 때마다 나는 그것이 축복인지 저주인지 가늠해보려 애쓴다. 저렇게라도 살아야 하나, 싶다가도 저 호흡 속에 그의 모든 비밀이 숨어 있을 것 같아서 나는 때때로 그의 숨소리가 무섭다. 그의 장기가 살아 있는 것처럼 그의 의식도 살아 있어서 매 순간순간, 모든 감정의 마디마디를 그의 온몸에 새기고 있을지도 모른다는 생각이 든다. 나도 모르게 그의 몸에 새겨 넣는 무늬들이 어쩌면 내 뜻이 아니라 그의 의지는 아닐까 하여 순간순간 멈칫거리게 된다. 그 무늬들이 그가 하는 말이라면, 나는 거기에서 무엇을 알아채야 하는 걸까? 어쩌면 나는, 20년 전에 그랬듯이, 그의 곁을 조용히, 떠나야 할지도 모른다.

*

대부분은 고맙지만 아주 가끔, 그의 아내에게 분노가 일 때가 있다. 그의 아내는 거의 항상 그에게 무심하거나 때로 심하게 화를 냈다. 그럴 때 나는 그녀를 동정하는 한편 그녀에게 고마움을 느꼈다. 하지만 아주 가끔씩 그를 연민 어린 시선으로 바라볼 때가 있는데, 그럴 때면 나는 그녀가 무척 미워졌다. 특히 그녀가 집안에서 밥 냄새를 풍기면 나의 분노는 극에 달했다. 밥 냄새는 그녀가 어떻게든 그의 곁을 지키려는 안간힘 같아서 밥을 짓는 그녀의 뒷모습을 볼 때마다 나는 그 대신 그녀가 당장에라도 그 자리에서 고꾸라져 죽어버리길 바랐다.

그러고는 생각했다. 밥을 짓다 죽는다는 건 어떤 느낌일까?

그러던 어느 날, 나는 소스라쳤다. 누군가를 먹여 살리기 위해 밥을 짓는 행위가, 어쩌면 그를 위한 것이었을지도 모른다는 생각이 들었기 때문이었다. 그토록 고결한 행위가 그녀의 마지막이어선 안 되지. 나는 내 어리석음을 통렬히 후회했다.

한 번은 그의 아내가 밥을 지어 나에게 함께 먹기를 청했다. 물론 나는 거절하지 않았다. 저기 누워 있는 그 대신 내가 밥을 먹어주는 것이라고 생각하면 화가 치밀 것 같아서 되도록 아무 생각도 하지 않으려 노력했다. 나는 그의 아내와 마주앉아서 이 세상에서 가장 맛없는 음식을 먹는 듯한 자세로 밥을 먹었다. 그러자 그의 아내가 미안한 기색도 없이 물었다.

"음식이 입에 맞지 않으세요?"

나는 대답했다. 최대한 아무 감정도 싣지 않으려고 노력하면서.

"맛있어요, 아주."

솔직히 나는 그녀가 내 대답을 듣고 절망하기를 바랐다. 진심으로 절망해서 죽어버리고 싶을 만큼, 딱 그만큼만 절망해주길 바랐다. 그러나 그녀 역시 아무 감정도 드러내지 않았다. 우린 서로 마주앉아서 사람이 되고 싶은 곰이 쑥과 마늘을 씹듯 그렇게 밥을 먹었다. 신기하게도, 맛없게 먹으니 진짜로 밥맛이 없어졌다. 그래서 나중에는 억지로 맛없다 생각하지 않아도 눈앞의 음식들이 진짜로 먹기 싫은 것이 되었다. 그래도 나는 꾸역꾸역 내 몫의 밥을 끝까지 다 먹어 치웠다. 그녀가 차려준 밥을 먹고 체하거나 토하면 그녀가 진심으로 절망할 것 같았다. 그러나 나는 체하거나 토하지 않았다. 도리어 제 몫의 밥을 끝까지 먹지 못하고 화장실로 달려가 토한 건 그녀였고, 절망한 건 나였다.

그녀의 밥을 먹고 난 후에는 그녀의 배웅을 받았다. 그녀는 엘리베이터 앞까지 와서 머뭇머뭇 인사했다. 토해서 정말 미안하다고, 제발 비위가 상하지 않았기를 바란다고. 잠깐 스친 그녀의 눈동자에서 진심이 느껴졌다. 나는 아무 말도 하지 않고 엘리베이터의 버튼을 누른 후 한 칸씩 늘어나는 숫자를 속으로 헤아렸다.

엘리베이터에 오른 나는 끝없는 나락으로 추락하는 기분을 느꼈다. 공중에 뜬 엘리베이터가 지상으로 내려오는 동안 아주 긴 시간의 터널을 지나온 듯하여, 나는 멀미하듯 휘청거렸다.

엘리베이터에서 내려 잠시 숨을 골랐다. 나는 주먹을 꼭 쥐고 똑바로 걸으려 애썼다. 그리고 저 위에서 나를 내려다보고 있을 그녀를 향해 마음속으로 힘껏 외쳤다.

'자, 단단한 내 뒷모습을 맘껏 구경하라고! 그따위 일로 내가 흔들릴 거라 생각했니? 그렇다면 넌 한참을 잘못 생각한 거야.'

그런 날이 있다. 그녀가 그의 아내임을 어쩔 수 없이 인정해야 하는. 나 자신이 처참해지는 그런 날, 노을은 내가 흘린 피처럼 붉은 빛으로 번진다.

*

누구의 방해도 받지 않고 그를 마음껏 바라볼 수 있는 지금, 나는 조금 불행하다고 느낀다. 아무도 없는 집에 남과 여, 단둘이서 하루 종일을 보내는데도 전혀 소문이 나지 않는 관계가 불편하다. 내가 품은 감정과 상관없이 고요히 흘러가는 시간들. 20년 전의 내 마음과 지금의 내 마음이 달라지지 않았는데, 지금의 내 마음은 전혀 죄가 되지 않는다. 그를 홀딱 벗겨놓고 아무리 주물러도 누구 하나 나를 탓하지 않는다. 나는, 그가 없는 지난 20년의 세월보다 지금이 훨씬 더 고독하다.

*

그에게 책을 읽어주기 시작했다. 내용이 잘 와 닿지 않을 것 같은 아주 두꺼운 책이다. 처음에는 그와 내가 함께할 수 있는 일이 무엇일까 고민하다가 아주 어렵게 찾아낸 일이었을 뿐인데 이제는 목적이 생겼다.

이 책을 다 읽는 날, 나는 그를 죽일 것이다.

*

깨끗이 삶아 빤 그의 잠옷을 다렸다. 그의 옷을 다릴 때 그는 줄곧 나를 보고 있었다. 세상을 잊은 듯 다림질에 몰두하는 내 모습을 잘 볼 수 있도록 나는 그의 얼굴을 내 쪽으로 돌려 놓았다. 다림질하는 틈틈이 그가 있는 쪽을 쳐다보면 멍한 눈으로 나를 응시하고 있는 그가 보였다. 나는 나에게서 한시도 눈을 떼지 않는 그의 모습이 좋았다. 먼먼 길을 돌아 너무 늦게 찾아왔지만, 이 순간 오로지 나만을 바라보고 있는 그를 나는 고요히 사랑할 수 있을 것 같았다.

다림질이 다 된 옷을 옷걸이에 걸었다. 주름 하나 없이 빳빳하게 다린 그의 잠옷에서 햇빛 냄새가 나는 것 같았다. 그건 그의 냄새였다. 죽음의 그림자에 덮여 있는 그에게서 오직 나만이 맡을 수 있는 냄새였다. 그의 잠옷에 코를 대고 숨을 깊이 들이쉬었다. 그리고 그에게 다가가 입을 맞추고 그의 폐 속에 숨을 깊이 불어넣었다.

"느껴져요? 당신의 냄새."

그의 가슴에 손을 대보았다. 두근두근, 심장이 뛰고 있었다.

*

그의 방 창문에 풍경을 달았다. 바람이 지날 때마다 띵동 띵동 청량한 소리가 풀려나왔다. 그의 방을 환기시키려 창문을 열 때마다 그도 나도 더 이상 미안해지지 않을 수 있게 되었다. 아무리 추운 날이라 해도 소리가 먼저 걸어 나와 그와 나의 귀에 속삭여줄 것이다. 괜찮아, 모든 것이 다 괜찮아.

온 세상이 다 얼어붙는 날, 그와 나만이 살아서 저 소리를 듣는다면 참 좋을 것이다.

*

내가 책을 읽으면 그의 숨소리가 고요해진다. 아무래도 그는 나의 책 읽는 소리를 좋아하는 것 같다.

*

상상을 한다. 그에게 의식이 돌아오고, 말을 하고, 자유롭게 움직이게 되면, 하고 말이다. 그에게 이른바 기적이란 게 일어난다면. 그는 과거의 나를 기억할까? 그가 잠들어 있던 시간 동안 누구보다도 그를 사랑했던 나를 알아볼까? 그의 귀에 대고 두껍고 난해한 책을 읽어주었던 내 목소리를 알아들을까? 그의 몸에 찍어놓은 내 사랑의 징표들을 이해할 수 있을까?

그렇다 한들 무엇이 달라지겠는가. 20년 전 그날처럼, 나는 또 그의 곁을 조용히 물러날 수밖에 없지 않겠는가. 없는 사람처럼, 애초부터 존재하지 않았던 사람처럼.

그런 날은 예상보다 빨리 올지도 모른다. 이 책의 끝 페이지에 도달하기도 전에. 그런 날이 와서 그가 책을 읽는 내 목소리를 동강낸다면 나는 부탁할 것이다. 아니, 구걸할 것이다. 그냥 있어달라고, 잠시만 죽은 듯이 그렇게 있어달라고, 이 책을 다 읽는 날까지만 제발 그대로 있어달라고.

지난번에 달아놓았던 풍경이 울었다. 억양 없이, 아무런 감정도 없이 책을 읽어가는 내게 괜찮아, 모든 것이 다 괜찮아,

울면서 속삭였다.

＊

책은 말했다. 수없이 한 사랑의 맹세가 단 한 번 스친 인연으로 박살날 수도 있는 거라고. 그것은 어떤 이의 가슴을 찢는 비참한 사건임에는 분명하지만 각자가 처한 입장에 따라 세상에서 가장 아름다운 일이 될 수도 있는 거라고.

나는 책을 덮으며 그에게 말했다.

"그래서 당신은 행복했나요?"

＊

돈을 번다는 건 무엇일까? 나는 돈을 벌기 위해 이 일을 택했고, 그의 아내는 나에게 주기 위해 돈을 번다. 나는 돈을 벌기 위해 사랑하는 그의 곁에 머물고, 그의 아내는 돈을 벌기 위해 아픈 그의 곁을 떠난다. 나는 돈을 버는 동안 의식 없는 그를 사랑하고, 그의 아내는 사랑했던 그를 위해 정신없이 돈을 번다. 모두 다 사랑을 지키기 위해 하는 일이지만 어쩐지 이해하기가 힘들다.

그녀는 알까? 자신이 알아챌 새도 없이 위험한 도박에 빠져들었다는 걸. 미안하지만 미안하다고 말하지 않을 것이다. 그러면 내가 정말로 잘못한 것 같을 테니까.

＊

휴일. 내가 바라지 않는 것 중 하나. 이 많은 시간을 어떻게 견뎌야 하나. 눈을 뜨기 싫은 아침이 또 밝았다.

*

그를 위해 꽃을 샀다. 20년 전에는 한 번도 해보지 않았던 일이다. 그가 나를 바라보며 웃을 줄 알았던 사람이었을 때 말이다. 그때는 꽃을 주는 행위가 참 쓸데없는 일이라고 생각했다. 한순간 피었다 시들어버리는 시간이란 우리에게 필요 없는 것, 영원히 오지 않을 순간이라고 믿었다. 그 생각이 얼마나 오만한 것이었는지 깨닫는 데 20년이 걸렸다.

그의 머리맡에 꽃을 두니 왠지 처연해 보였다. 꽃을 한 송이 빼서 그의 잠옷 단춧구멍에 꽂았다. 뭔가 허전했다. 꽃병에서 꽃을 전부 빼서 꽃송이들을 땄다. 그러고는 꽃송이들을 그의 침대 위에 흩뿌렸다. 붉은 꽃송이들에 뒤덮인 채 누워 있는 그는 죽은 사람처럼 보였다. 역시, 너무 뒤늦은 때라는 것이 있다.

*

책이 중반을 넘어섰지만 그에게 기적 따윈 일어나지 않았다. 나는 책을 덮고 그의 머리카락을 만지며 생각했다. 당신에게 남아 있는 시간이 가장 지루한 건 누구일까? 분명코 그와 나는 아닐 것이다. 멋대로 생각해놓고 안도했다. 그러나 곧바로 아닐지도 모른다는 생각이 들었다. 살아 있다는 것, 이렇게 살아 있다는 걸 그가 안다면……. 나는 무척 서글펐다.

내일부터는 책 읽는 시간을 좀 더 늘려야 할 것 같다.

*

아침부터 비바람이 몰아쳤다. 태풍이 오는 계절도 아닌데, 이상한 일이었다. 요란한 바깥과 달리 방안은 고요했다. 그런데도 나는 책에 집중할 수 없었다. 책을 읽는 소리가 몇 번이나 끊겼다. 책을 읽다 말고 비바람 부는 바깥을 내다보고 그의 얼굴을 바라보고, 몇 번이나 그랬지만 그는 아는지 모르는지 꿈쩍을 안했다. 오늘은 남자주인공이 산악사고로 죽었다. 한 번 스친 인연으로 떠나보내야 했던 연인을 가슴에 품은 채였다. 비극적인 일이었으나 나는 아무렇지도 않았다. 입장에 따라, 어떤 죽음은 무감각하게 다가올 수도 있다.

*

그는 내가 웃겨서 좋다고 했다. 그러나 나는 결코 웃긴 사람이 아니었다. 나는 그를 처음 봤을 때부터 사랑에 빠졌다. 이유 같은 건, 없었다. 그와 함께 있을 때면 나는 늘 허둥댔다. 그래서 말의 맥락을 놓치기 일쑤였다. 당연히 이상한 말을 툭툭 내뱉을 수밖에 없었다. 그는 그런 내 말을, 좌표를 잃고 방황하는 그 말들을 농담으로 받아들였다. 그 앞에서 더 이상 허둥댈 필요가 없어졌을 때부터 나는 진지해졌다. 더 이상의 농담은 없었다. 그래서였을까? 그가 나를 떠난 건. 내가 지루해졌기 때문에 나보다 더 그를 웃겨줄 수 있는 사람을 찾아 떠난 것일까? 그래서 그의 아내는 평생 그를 웃겨줬을까? 그리고 이제는 그의 아내마저 그를 웃겨줄 수 없어서 그는 이렇게 의식을 잃고 죽은 듯 누워 있는 걸까? 그를 웃겨줄 수 있는 그 무언가를 찾아 그는 의식의 저편을 헤매고 있는 걸까?

그렇다면 나는, 그의 어떤 점을 오해하고 있는 것일까?

*

그가 발작을 일으켰다. 온몸이 경직되며 거칠게 숨을 몰아쉬었다. 무력하게 늘어져 있던 그의 근육들이 그동안의 시간들을 한꺼번에 보상이라도 받으려는 것처럼 거세게 요동쳤다. 그의 목 안쪽에서 꺽꺽 소리가 울려 나왔다. 눈동자가 뒤집어지며 그의 눈이 흰자위로 가득 찼다. 나는 침대로 뛰어 올라가 내 온몸으로 그의 몸을 꼭 끌어안았다. 요동치는 그의 몸이 내 몸을 끊임없이 밀어냈다. 위급한 그 순간에도 나는 그것이 서운했다.

몇 분이나 지났을까? 아니, 몇 시간이었나? 발작은 왔을 때처럼 급작스럽게 사라졌다. 그의 몸을 꼭 붙들고 있던 나의 몸으로 격렬했던 시간이 스르륵 빠져나가는 게 느껴졌다. 고개를 들고 그의 코 가까이에 뺨을 대보았다. 숨결이 느껴졌다. 저절로 한숨이 나왔다.

멍청한 짓이었어. 하마터면 그가 죽을 뻔했잖아. 흐트러진 이불을 정리하며 나는 자책했다. 나는 그를 돌볼 자격이 없는 사람이라는 게 명백해졌다. 그렇지만, 그렇다 하여도, 나는 그를 떠나고 싶지 않았다. 아직은.

읽다가 다급히 팽개친 책을 다시 펼쳐 들었다. 549쪽. 사랑했던 연인이 죽어 저세상에서 다시 만났지만 서로를 알아보지 못하는 장면이었다. 그래서였나? 그가 발작을 일으킨 건? 눈물이 나와서 눈앞이 흐려졌다. 나는 책을 덮어 조용히 탁자 위에 놓았다. 책은 앞으로 20여 쪽 정도가 남았다.

몸을 기울여 그의 숨소리를 들었다. 숨결이 느껴졌다. 그의 이마에서 발끝까지 손가락 끝으로 서서히 훑어갔다. 얇은 이불 밑에 숨겨진 그의 메마른 몸이 나를 슬프게 했다. 나는 그의 입술을 찾아 내 입술을 포갰다. 약간 벌어져 있는 그의 입으로 내 눈물이 흘러들어 갔다.

'내가 얼마나 무서웠는 줄 알아요? 죽지 마. 아직은.'

*

남의 비밀을 알게 되는 일은 결코 유쾌하지 않다. 비밀을 알게 되는 순간 타인의 삶에 어떻게든 간섭을 하게 되기 때문이다. 나는 못 들은 척했고, 어떻게든 아무렇지 않은 척하려 했다. 그러나 순간순간 그 말이 떠올라 오래도록 뇌리를 떠나지 않았다. 나는 그의 아내가 늘 미웠지만, 그 말을 들은 후 더욱 미워졌다. 그의 아내의 입을 떠나와 내 가슴에 박힌 말 중 오늘 아침에 들은 그 말이 최고로 아팠다.

우연 치고는 참으로 더러운 우연이었다. 왜 하필 오늘따라 일찍 와서는…….

방문을 여니 그의 아내가 그의 침상 옆에 우두커니 앉아 있었다. 내가 집안으로 들어와 그의 방문 여는 소리를 분명히 들었을 텐데도 그녀는 나를 돌아보지 않았다. 평소에는 없던 일이라 기이하단 생각을 하며 다시 방문을 닫으려는데 그녀가 말했다.

"이제 그만 가도 돼요."

처음에는 그녀가 내게 한 말인 줄 알았다. 나는 어떻게 대답해야 할지 몰라 우물거렸다. 그런데 그녀가 이번엔 그의 침상을 주먹으로 탕탕 내리치며 새된 소리를 냈다.

"이젠 제발 가라고!"

나는 조용히 문을 닫고 서서 그녀가 나오기를 기다렸다. 잠시 후 그녀가 나왔다. 울었던 흔적이 있었다. 나는 모른 척했다. 그녀도 나를 모른 척하고 그냥 지나쳤다. 다행이었다.

처음엔 짠했다. 얼마나 힘들었으면 저런 말을 할까. 그러나 생각하면 생각할수록 화가 났다. 네가 감히 어찌…….

하루 종일 이 말을 되뇌며 분노했다. 하지만 내가 분노하는 진짜 이유가 말줄임표 속에 고스란히 들어 있음도 인정해야 했다. 그 말은 그녀이기 때문에 할 수 있는 말이었다. 이제 그만 가란 말, 그 말은 그녀가 그의 아내이기 때문에 할 수 있는 말이었다. 그러므로 '네가 감히 어찌'란 말 뒤에 따라올 말은 없었다. 백 번 천 번을 되뇌어도 그 말 뒤에 마땅히 붙여야 할 말은 없었다.

*

그를 죽이는 일이 그녀를 위한 일이어선 안 된다.

이 생각을 하느라 나는 책을 읽는 내내 맥락을 놓쳤다. 읽은 곳을 읽고 또 읽었다.

*

이제 책은 단 한 장이 남아 있다. 그런 채로 며칠이 지났지만, 나는 언제 끝내야 할지 아직 결정하지 못했다. 그를 죽이는 게 망설여져서는 아니다. 마지막으로 그의 몸에 새겨 넣어야 할 무늬를 아직 결정하지 못했기 때문이다. 그의 몸에 새겨질 마지막 무늬는 결단코 사랑의 무늬여야만 한다. 내 온 마음을 다해 새겨 넣을 이 세상 단 하나의 무늬.

열린 창문으로 바람이 지나갔다. 띵동 띵동 풍경이 울렸다.

*

이 모든 게 거대한 농담 같아. 사랑하는 당신, 당신도 나를 사랑하나요? 내 모든 걸 걸고 당신을 웃겨준 나를, 당신의 마지막을 웃음으로 배웅한 나를 당신은 사랑하나요? 그러면 됐어요. 안녕, 내 사랑.

*

그의 몸이 나를 보고 웃는다. 피를 철철 흘리며 나를 향해 미소 짓는다.

안녕, 안녕 내 사랑.

☺

# 오래전 애인이 안부를 물을 때

나는 오래 버티지 못하였다. 문을 연 순간 불길이 치미는 듯 뜨거운 기운이 왈칵 몰려왔지만 그래도 버텨보자 하고 들어 갔던 것인데, 그만 1초도 되지 못하여 후회하고 말았다. 불가 마방은 발바닥을 댈 수 없을 정도로 뜨거웠다. 숨을 쉴 수 없 는 것은 고사하고라도 온몸을 태울 것처럼 달려드는 열기 때 문에 내가 지금 지옥에 와 있는 것은 아닌가 착각할 정도였다. 열기를 차단하려 수건으로 얼굴을 덮어봤지만 아무 소용이 없었다. 발바닥이 지글지글 끓는 것 같아 바닥에 놓여 있는 나 무의자에 앉아 발바닥을 들어올렸다. 그러나 이미 달궈질 대 로 달궈진 나무의자는 엉덩이를 통째로 익혀버릴 기세였다. 나는 용수철이 튕기듯 자리에서 일어나 까치발을 하고 불가 마방을 뛰쳐나왔다. 아주 오랜 시간이 흐른 것 같았는데 나는 불가마방에 채 1분도 머무르지 못하였다.

국물을 한 모금 마시고는 소스라쳤다. 국물이 생각한 것보다 지나치게 뜨거웠던 것이다. 이미 통통 불대로 분 면발을 품은 채 김도 피워 올리지 않을 뿐 아니라 기름까지 둥둥 뜬 벌건 국물에 완전히 속았다. 눈물이 찔끔 나왔다.

"뜨거운 걸 너처럼 못 먹는 사람은 아마 없을 거다."

그가 뽑아준 자판기 커피에 입안을 데었을 때도 지금처럼 찔끔 눈물을 흘렸었다. 그가 뜨거운 커피를 후후 불어가면서 다 마셔버린 후였는데도 내게 커피는 여전히 눈물이 날 만큼 뜨거웠다. 후끈후끈 마비된 듯한 입을 벌려 손부채를 부쳤다. 손등에 눈물이 매달려 있었다. 나를 보고 그가 웃었다.

그와 단둘이 있던 적은 그때가 처음이었다. 시험 기간이었고, 나는 문제들을 거의 풀지 못한 채로 답안지를 제출했다. 지난 학기에도 학사경고를 받았기 때문에 백지답안지를 제출하는 데 대해 별다른 느낌은 없었다. 다만 수업만 잘 들었어도 답안지를 어떻게든 채웠을 거라고 생각하자 등록금이 조금 아까웠다. 게다가 나는 학교 신문사 기자였기 때문에 조금만 노력해도 장학금을 받을 수 있었다. 그러나 지나간 일은 지나간 거다. 나는 뒤늦게 후회해봤자 아무 소용없다는 것을 알 만큼은 똑똑하고 정직하고 쿨했다. 그리고 무엇보다 기자라는 내 신분을 열정적으로 사랑했다. 그는 그런 나를 조용히 걱정해주는 선배였다.

"열정이 삶을 송두리째 태워버릴 수도 있어. 직선이 빠른 것 같지만 늘 그렇진 않거든."

내가 커피를 다 마실 때까지 기다리는 동안 선배가 말했다. 마치 선문답인 것처럼 뜻을 짐작하기 힘들었다. 선배가 나를 보면서 말을 한 게 아니라 자기 앞의 어느 한 점을 뚫어져라 응시하며 한 말이라 더욱 그랬다.

"네?"

나는 못 들은 척 되물었다.

"순수하다고 다 선한 건 아니야."

갈수록 태산이었다. 문득 선배가 나에게 말하고 있는 게 아닐지도 모른다는 생각이 들었다. 대화란 서로의 눈을 들여다보면서 해야 하는 건데, 선배는 아까부터 나를 외면한 채 줄곧 어느 한 곳만을 바라보고 있었다. 내내 설렜던 마음이 부끄러워졌다. 나는 벌떡 일어나 남은 커피를 한입에 털어 넣었다. 그러고는 선배를 쏘아보며 날카롭게 말했다.

"나는 미제의 썩은 물은 안 마셔요!"

그때 선배가 어떤 표정을 지었는지 나는 모른다. 종이컵을 구겨 휴지통에 신경질적으로 던져 넣고는 뒤도 안 돌아보고 휴게실을 나왔기 때문이다.

나이를 먹을수록 어떤 것들에는 지나치게 부끄러워지고, 또 어떤 것에는 지나치게 뻔뻔스러워진다. 가령 사람 많은 곳에서 나도 모르게 방귀를 뀐다거나 길을 걷다 된통 넘어진다거나 모르는 걸 물어볼 때는 뻔뻔스러울 정도로 아무렇지도 않다. 그러나 생각지도 못한 곳에서 '아줌마' 소리를 듣거나 오랜만에 만난 동창으로부터 늙어 보인다는 말을 듣거나 문득문득 과거에 잘못한 일들이 떠오를 때는 지나치게 부끄러워진다. 너무 부끄러워 화가 날 정도다.

'아, 내가 왜 그랬을까?'

아이스 아메리카노를 한 모금 빨아들였을 때 문득 그런 생각이 들었다. 나는 조용히 혼자 낯이 뜨거워져 커피 용기의 뚜껑을 열고 찬 커피를 벌컥벌컥 들이켰다. 그것도 모자라 얼음을 꺼내 와드득 와드득 깨물어 먹었다. 아무리 생각해도 나는 너무 생각이 없고 단순했다. 그때 선배에게 그런 식으로 말하지 말 걸……. 나는 진심으로 후회했고, 진심으로 부끄러워했다.


온도가 약간 높은 보석방은 누워서 땀을 빼기 맞춤했다. 그래서 그런지 여러 개의 방들 중에서 사람이 제일 많았다. 가로로 세로로 열 맞춰 누워 있는 사람들 틈에 자리를 잡고 누우니 등으로 따뜻한 기운이 전해지며 온몸이 나른해졌다. 잔뜩 굳어 있던 허리와 어깨가 노골노골해지자 잠이 찾아와 머리맡을 기웃거렸다. 젖은 수건을 얼굴에 덮고 눈을 감았다.

"샥시는 성이 뭐여?"

정글 같은 밭고랑에 푹 파묻혀 담뱃순을 따고 있는데 옆 고랑에서 순을 따던 아주머니가 불쑥 물었다. 긴 밭고랑의 한가운데, 서로 얼크러진 담뱃잎 사이에서 나는 이미 정신을 반쯤 놓은 상태였다. 해가 중천에 오르려면 아직도 멀었건만, 담배밭은 여름이 시작될 때부터 품었던 열기를 한 번도 방출한 적 없는 것처럼 무척 더웠다. 담뱃진이 몸에 묻으면 잘 지워지지 않으니 긴 옷을 입어야 한다고 해서 입은 옷이 땀에 흠뻑 젖어 온몸에 척척 들러붙었다. 앉으면 그늘이니 시원하겠지 생각하며 앉아봤지만 오히려 더 더웠다. 앉은 김에 가슴에 들러붙은 옷을 떼어내고 단추를 한 개 더 풀면서 생각했다.

'식물에도 체온이 있구나.'

그러고 있는데 갑자기 아주머니가 물은 것이었다. 나는 다른 생각을 하고 있던 데다 마침 정신을 반쯤 놓은 참이라 그 물음이 뭘 의미하는지 잠시 헷갈렸다.

"여잔데요."

내가 일어서면서 대답하자 아주머니가 이건 또 뭔가 하는 표정으로 나를 돌아보았다. 그러더니 핀잔 섞인 목소리로 다시 물었다.

"샥시가 여잔 거 누가 몰러? 김씨, 이씨, 박씨 하는 그 성이 뭐냐고.”

“아아, 그 성요. 박가예요.”

“무슨 박씨여?”

“밀양이요.”

“아이구, 양반이네.”

그때 또 다른 옆 고랑에서 낮은 탄식이 들려왔다. 나는 몸을 돌려 옆 고랑의 선배를 바라보며 물었다.

“왜요?”

선배는 즉시 대답했다.

“나도 본이 밀양이다.”

“아이구, 양반이네.”

아주머니의 말투를 흉내 내어 선배에게 말했다. 나는 그것이 조금은 재미있고 재치있다고 느껴져서 말해놓고 후훗 웃었다. 선배는 잠시 아무 말없이 담뱃순을 따더니 그것들을 그러모아 나에게 던졌다.

“아, 왜요.”

선배는 아무 말 하지 않았다. 그러더니 손을 재게 놀려 저 앞으로 나아가는 것이었다.

“한쪽만 따면 어떡해요. 나보고 혼자 양쪽을 다 따라는 거예요?”

소리쳤지만 선배는 돌아보지도 되돌아오지도 않았다. 옆

고랑의 아주머니가 재미있다는 듯이 빙글거리면서 고시랑고시랑 속삭였다.

"암캐도 저 총각이 샥시를 좋아하는가베."

내 마음이 떨렸다. 길고 긴 밭고랑의 한가운데에서, 끈적끈적 달라붙는 한여름의 무더위 속에서. 줄줄 흐르는 땀이 온몸을 간질였다.

눈을 떠보니 옷이 푹 젖었다. 팔뚝에 땀방울이 맺혀 반들거렸다. 잠깐 잔 것 같은데, 내 옆자리의 사람들이 모두 바뀌었다. 잠결에 답답해서 치워버렸는지 수건이 저만치 버려진 것처럼 떨어져 있었다. 아무도 날 쳐다보지 않았지만 나는 일부러 수건을 거기에 그렇게 뒀던 것인 양 태연히 집어 들어 땀을 닦았다. 그러고는 수건을 목에 두르고 일어섰다. 문을 나서자 갑자기 시원해져서 나도 모르게 미소가 지어졌다.

모든 것을 태워버릴 듯 뜨거웠던 그 여름날의 농활 이후 선배와 나는 급격히 서먹해졌다. 원래도 말수가 적은 그였지만, 그 여름 이후 더욱 말이 없어졌다. 그러나 나에게만 그런 것은 아닌 것 같아 나는 조금은 안심하려고 했다. 다행히도 그 여름의 남은 날들은 매운 내를 맡으며 한데서 지내는 날들이 많았다. 나는 녹아내릴 듯 뜨거운 아스팔트 위를 심장이 튀어나오도록 열정적으로 뛰어다녔다. 구호와 구호 사이에서 익은 살이 벗겨지고, 벗겨진 살이 다시 익었다. 배고프고 목마르고 피곤한 날들이 이어졌다. 담배가 늘고, 술이 늘고, 한숨과 눈물이 늘었던 그 여름에, 나는 그러나 기사를 한 줄도 쓰지 못했다.

슬럼프일 뿐이라고, 정기자가 되면 누구나 다 한 번씩 겪게 되는 통과의례 같은 거라고 편집장은 끊임없이 나를 위로했다. 동기들도 고개를 주억거리며 기사는 누구라도 채우면 된다고 했다. 다음에 자기들에게도 슬럼프가 찾아오면 두 배로 갚으라고도 했다. 선배는 책상 한가득 펼쳐놓은 사진들을 바라보며 아무 말도 안 했다. 나는 아무렇지 않으려 애썼지만 잘 되지 않았다. 주눅든 마음에 정체를 알 수 없는 원망이 싹텄다.

바닥에 단단히 박혀 있는 돌 위를 걸었다. 까맣고 하얀 돌들이 발바닥을 압박할 때마다 나도 모르게 악, 악, 소리가 나왔다. 이를 악물고 참아보았다. 그래도 너무 아팠다. 아파도 너무 아팠다. 막힌 데가 있으면 이렇게 아픈가? 아픔을 참고 걷고 걸어서 저 끝에 닿으면 막힌 데가 풀리나? 막힌 데가 풀려서 기운이 돌면 그다음은 또 어떻게 되나? 그다음을 걱정해야 하나, 기대해야 하나?

결국 끝까지 걷지 못하고 평평한 바닥으로 내려왔다. 펄이 박힌 바닥은 천장에서 쏟아지는 불빛을 받아 반짝였다. 부신 듯 멈춰 서서 반짝임을 바라보았다. 그리고 선배와 보냈던 그 밤을 생각했다. 아우성치는 소리가 들릴 것처럼 별들이 유난히 반짝이던 밤이었다. 나는 하루아침에 걷는 법을 잊어버린 사람처럼 난처해졌다. 어디에 발을 딛고 가야 하나. 왼쪽은 아파도 너무 아픈 자갈길이었고, 오른쪽은 반짝여도 너무 반짝이는 그날의 밤하늘이었다. 한참을 안절부절못하며 양쪽 길을 번갈아 바라보았다. 그러다가 한쪽 발은 자갈 위에, 다른 한쪽 발은 평평한 바닥에 놓고 절뚝이며 걸었다.

"나한테 도대체 왜 그래요?"

묻고 싶었지만 한 번도 묻지 못했던 말이 가슴을 뎅뎅 울렸다. 이제는 너무 늦어버린 그 말이 내가 걷는 걸음을 따라 절뚝였다. 나한테, 도대체, 왜, 그래요? 낱말들이 앞으로 나아갈 때마다 왼쪽, 오른쪽으로 기울었다. 도저히 수평이 맞지 않을 것 같은 그 말을 그러나 나는 오래 되뇌지 않아도 되었다. 다행히 가야 할 길은 그리 길지 않았고, 한 발씩 나눠 디디니 아픔도 반짝임도 모두 견딜만했다.

매점으로 가 아이스 아메리카노를 투샷으로 주문했다.


속이 쓰렸다. 아무래도 커피를 너무 많이 마신 모양이었다. 한 손으로 배를 살살 문지르며 찜질방에 비치된 만화책을 한

권 빼 들었다. 그러고는 바닥에 아무렇게나 주저앉아 책장을 펼쳤다. 내가 좋아하는 스타일의 그림도 아니었고, 내용도 지리멸렬해서 금방 흥미를 잃었지만 그냥 읽었다. 오후 들어 부쩍 늘어난 아이들이 사방에서 뛰어다녀서 신경이 쓰였다. 건성건성 책장을 넘기며 속으로 빌었다.

'한 놈만 된통 넘어져라.'

그때의 심정도 그랬던 것 같다. 위악으로 가득 차서 충분히 못되고 잔인해질 준비를 하고 있었다. 결국 뜻대로 되지 않는다면 뛰어가는 아이의 발이라도 걸어 넘어뜨릴 자세를 나는 취하고 있었다.

그해 총학생회 선거에서 우리는 역대 최고의 표 차이로 졌다. 대대로 상대진영이 더 우세하긴 했지만, 이렇게까지 표 차이가 크게 난 적은 없었다. 우린 모두 낙담했고, 술을 많이 마셨다. 밤새도록 이어진 술자리에서 그해의 후보자였던 선배는 좌중을 향해 연신 미안하다고 했다.

"그럴 거 없어. 네 탓이 아니잖아."

참모의 말에 너도나도 고개를 주억거리며 맞장구쳤다. 그러면서 너도나도 울었다.

"우리는 결코 패배하지 않았습니다. 비록 1만 학도의 자주학생회 건설에는 실패했지만 우리에게는 자주조국 건설의 과업이 남아 있습니다. 동지들, 다 함께 투쟁의 결의를 모아 노래합시다. 투쟁, 투쟁, 투쟁투쟁투쟁!"

침울한 분위기를 깨고 문선대를 이끌었던 선배가 주먹을 불끈 쥐고 일어서서 외치더니 노래를 선창했다. 눈물을 질질 짜던 사람들이 다 함께 주먹을 치켜올리며 문선대 선배의 노래를 따라 불렀다. 나는 그들이 하는 양을 한구석에 쪼그려 앉아 물끄러미 바라보다가 조용히 일어서서 밖으로 나왔다.

"왜 나와 있어?"

서리 내린 벤치에 앉아 덜덜 떨고 있는데, 어느 결에 왔는지 선배가 다가와 앉으며 말했다. 나는 선배를 힐끔 한 번 쳐다보고는 아무 말없이 내 발등을 내려다보았다.

"춥지 않아?"

선배가 다시 말을 걸어왔지만 나는 여전히 대답하지 않았다. 선배가 담배를 꺼내 불을 붙였다.

"한심해서요."

선배가 담배를 다 피워갈 때쯤 첫 번째 질문에 대답을 했다. 담배꽁초를 발로 눌러 끄던 선배가 이 무슨 뚱딴지같은 소리냐는 듯 물었다.

"음? 뭐가?"

"질질 짜고, 되도 않는 말로 자위하는 거요."

"속상한 건 알겠는데, 말이 너무 심한 것 같은데. 자위라니."

"저 속 하나도 안 상해요. 저기 있는 저 사람들도 다 그럴 걸요? 선배도 마찬가지잖아요.”

“뭐?”

“고상한 척 위선 떨지 말아요. 선배도 우리가 진 거 선배 탓
이 아니라고 생각하잖아요.”

화를 눌러 참는 듯 선배가 이를 앙다무는 것이 느껴졌다. 그
러거나 말거나 나는 갈 데까지 가보자는 심정으로 말을 마구
쏟아냈다.

“저는 이렇게 될 줄 진작 알았어요. 선배가 후보자가 될 때
부터 질 줄 알았다고요. 제도가 무서워서 자기 마음 하나 똑바
로 보지도 못하면서 도대체 뭘 바꾸겠다는 거예요? 자주학생
회요? 됐다 그래요. 자주학생회 세우기 전에 선배부터 주체적
으로 살아요.”

결국, 뛰어다니던 아이 중 하나가 된통 넘어지고 말았다. 네
댓 살쯤 돼 보이는 남자아이였는데, 울음소리가 가히 엄청났
다. 울음소리를 듣고 달려온 아이의 엄마는 아이의 무릎을 쓰
다듬고 호호 불면서 아이를 달랬다. 그래도 서러운 마음이 풀
리지 않는지 아이는 계속 울었다. 아이의 엄마가 아이를 안고
일어서며 말했다.

“아유, 우리 쭌이를, 누가 그랬쪄?”

아이 엄마는 아이의 등을 연신 토닥이며 아이의 기분을 풀
어주려 애썼다. 만화책을 보는 척하며 그 모습을 내내 지켜보

던 나는 아주 조그맣게 중얼거렸다.

"누가 그러긴. 저 혼자 그랬지."


총학생회 선거 이후 나는 신문사를 그만두었다. 내가 열정적으로 사랑한다고 믿었던 만큼은 아니었던 듯 서운한 마음도 별로 없었다. 선배는 그즈음 군대에 갔는데, 선배가 군대에 간 것이 먼저였는지 내가 신문사를 그만둔 것이 먼저였는지는 정확히 모르겠다. 다만 그 두 가지 일은 거의 동시에 일어났고, 나는 선배와 서먹하고 껄끄러운 관계를 회복할 새도 없이 헤어졌다. 나는 고시라도 치를 사람처럼 공부에 열중하는 척했다. 그러는 동안 몇 번인가 선배에게 편지를 썼지만 부치지는 않았다.

"너 지금 어디야. 왜 안 와."

전화를 걸자마자 친구는 버럭 짜증을 냈다. 부재중 전화가 수십 통 찍히는 동안 한 번도 받지 않았으니 그럴 만도 했다.

"가고 있어. 금방 도착해."

"오고 있는 거 확실해? 그런데 왜 전화를 안 받아."

"잠들었었어. 나 차만 타면 자잖아."

"우리 자리 옮길지도 몰라."

"금방 도착한다니까. 그동안 자리 옮기면 문자 남겨."

"알았어. 암튼 빨리 와."

전화를 끊고 전화기를 사물함에 넣은 뒤 문을 잠갔다. 그리고 나는 담배를 들고 흡연실로 향했다.

흡연실에서 돌아와 보니 TV에서는 가면을 쓴 사람이 나와서 열창하고 있었다. 나는 멍하니 앉아서 노래를 들었다. 그리고 보았다. 가면 쓴 사람들 간의 대결에서 진 사람의 가면이 벗겨지는 장면을. 순간 서러움이 밀려왔다. 진다는 건 저런 거지. 보이기 싫은 민낯을 보이고 조용히 떠나는 것. 나는 수건을 들고 조용히 일어서서 보석방으로 갔다.


친구는 새끼를 보살피는 어미새처럼 선배의 소식을 부지런히 물어 날랐다. 그럴 때마다 나는 짐짓 무심한 척했지만 심하게 요동치는 가슴은 어쩔 수가 없었다. 나는 친구를 질투했다. 그녀는 선배를 투명하게 좋아했다. 자신이 선배를 좋아하고 있음을 온 사방이 알아주길 바라듯이 참으로 요란하게도 굴었다. 나는 그런 그녀를 겉으로는 응원했지만 속으로는 그녀가 처참하게 걷어차이고 나가떨어지기를 수백 번도 더 빌었다.

그녀가 군대 간 선배에게 편지를 수십 통 보낸 끝에 받아낸 답장을 들고 나를 찾아왔을 때도 그랬다. 처음엔 선배가 친구에게 답장을 보냈다는 사실이 무척 섭섭했고, 선배의 편지를 읽은 후에는 별 내용 없음에 안도감이 찾아왔다. 친구는 구름 위를 걷고 있는 듯 내내 들떠서 설레발을 쳤지만, 나는 그런 그녀를 속으로 냉소하고 경멸했다. 그러면서 겉으로는 친구를 격려하고 응원했다.

"고지가 바로 앞이네. 축하해."

"나쁜 년!"

얼굴에서 웃음기를 거둔 친구가 내 손에 들려 있던 편지를 거칠게 낚아채며 싸늘하게 말했다. 나는 놀라고 당황해서 친구의 얼굴을 물끄러미 바라보았다.

"이 편지를 네가 받았어도 그렇게 말할 수 있어? 내가 선배 좋아한다고 떠벌리고 다닌다고 자존심도 없는 줄 아니? 너도 내가 우습니?"

나는 뭔가 대단히 억울한 느낌이 들어 친구에게 따지듯 물었다.

"너 지금 선배한테 편지 받았다고 자랑하는 거잖아. 그래서 좋겠다고, 축하한다고 그런 건데 그게 그렇게 잘못이니?"

"그래, 잘못이야. 너 지금 엄청 잘못하고 있는 거라고."

"왜? 뭣 땜에?"

"정말 몰라서 묻는 거야?"

"그래. 정말 몰라. 정말 모른다고!"

"그래? 그럼 됐어."

"됐다고? 뭐가 됐다는 건데? 대체 뭐가 됐는데."

계속 따져 묻는 말에 친구는 한숨을 포옥 내쉬었다. 그러고는 편지를 차곡차곡 접어서 주머니에 집어넣으며 혼잣말하듯 말했다.

"아무도 내 맘을 몰라. 알아주려고 하지도 않아."

"좀 알아듣게 말해주겠니? 왜 갑자기 불쌍한 척이람."

내가 비아냥거리는 투로 말하자 친구가 원망 가득한 눈으로 나를 바라보았다. 그러더니 눈물을 툭 떨어뜨렸다. 나는 내가 처한 상황이 도무지 이해되지 않았다. 정작 울고 싶은 건 나인데 왜 제가 대신 눈물을 흘려주고 난리인가 싶었다. 저것도 선배를 대놓고 좋아하는 그녀의 고도로 지능화된 자랑인가 하여 화가 났다.

"내가 웃고 있다고 그게 웃는 건 줄 아니? 내가 선배 좋아하는 거, 그거 감추지 못하고 티내는 거, 그런데도 선배가 꿈쩍 않는 거 창피하고 서러워. 그래서 웃은 거야. 그러면 자존심이 좀 덜 상할 것 같아서. 너는 내 맘을 알아줄 거라 생각했어. 나는 너를 제일 친한 친구로 생각했으니까. 나는, 나는 말야, 위로가 필요했어. 이제 알겠니?"


다시 불가마방의 문을 열었다. 조금만 숨을 참고 버텨보자고 단단히 다짐했다. 물에 적신 수건을 머리에 뒤집어썼다. 불가마방은 여전히 뜨겁고 숨 막혔다. 머리에 뒤집어쓴 수건을 얼른 끌어당겨 코와 입을 막았다. 까치발을 한 왼발 오른발을 교대로 놀리며 잠깐 서 있으려니 내 꼴이 우스꽝스럽게 느껴졌다. 아무렇게나 굴러다니고 있는 나무의자 위에 엉덩이를 대고 앉았다. 역시나 엉덩이가 무척 뜨거웠다. 입을 막고 있던 손에 힘을 주어 가까스로 비명을 삼켰다. 눈을 감고 느리게 숫자를 세기 시작했다. 서른까지 숫자를 세었을 때 눈물이 터졌다. 아니, 그냥 땀이었는지도 모른다. 눈 아래 맺혀 있던 물방울이 볼을 타고 흘러내리는 느낌이 났으니까. 그뿐이니까.

누군가 불가마방의 문을 열고 고개를 들이밀었다가 다시 닫았다. 잠깐 시원한 바람이 머물렀지만 곧 뜨거워졌다. 머리에 뒤집어쓴 수건마저 뜨거워졌다. 숨이 막히고, 이대로 있다가는 혈압 올라가서 죽을 것 같다고 여겨졌을 때 그래도 1분은 넘었겠지, 생각하며 불가마방에서 나왔다. 뜨거운 곳에서 갑자기 나와서 그런지 진저리가 쳐졌다. 불가마방 입구에 붙은 시계를 확인하니 2분여가 지나 있었다. 뜨거워진 수건을 허공에 대고 팔랑팔랑 흔들어 식혔다. 여전히 불가마방의 열기를 품은 채 후끈거리는 얼굴에 갖다 대자 좋은 기분이 들었다.

'사람의 마음이란 참 간사한 것이구나. 금방 죽을 것 같더니 또 금방 살 만해지네.'

배가 고팠지만 딱히 먹고 싶은 게 생각나지 않았다. 매점 주위를 어슬렁거리면서 메뉴판을 흘깃흘깃 읽었다. 그래도 먹고 싶은 게 없어서 매점 곁을 몇 번씩이나 오락가락했다. 그러다가 아무것도 시키지 않고 테이블만 차지하고 있는 가족을 발견했다.

'그래, 앉아서 천천히 골라도 되잖아. 그래도 먹고 싶은 게 없으면? 그냥 나오면 되지.'

나는 속으로 혼자서 북 치고 장구 치다가 가족이 앉아 있는 옆 테이블로 가 자리를 잡고 앉았다.

"아빠 이름은 김대성, 엄마 이름은 김연주, 내 이름은 김민준이니까 나는 아빠 엄마 아들이지. 우리 다 똑같이 김이 들어가잖아."

'너는 다리 밑에서 주워 왔다'는 류의 말을 하고 있었던 듯 아이가 큰 소리로 나무라자 부부가 까르르 웃었다. 뉘 집 아들이 저렇게 야무진가 싶어 아이를 건너다보니, 아까 찜질방을 운동장 삼아 뛰어다니다 된통 넘어진 그 아이였다. 찹쌀떡처럼 말랑말랑할 것 같은 하얀 볼이 인상적이었는데, 다가가 한 번 꼬집어보고 싶을 정도로 귀여웠다. 아이를 바라보고 있으려니 아까 속으로 넘어지라고 빈 것이 미안해졌다. 어쩌면 나에게도 너와 같은 아이가 있었을지도 몰라. 그 아이도 아마 너처럼 말했을 거야. 우리 다 똑같이 박이 들어가니까 난 엄마 아빠 아들이라고.

"넌 너희 부모님이 진짜가 아닐 거란 생각, 해본 적 있니?"

농활을 마치기 전날 밤에 동네 총각들이 마련해준 술자리를 마치고 숙소로 돌아오던 길에 선배는 물었다.

"제가 주워 온 아이일 거란 생각요? 물론 해봤죠. 가난한 아이가 늘 꾸는 꿈이잖아요. 어마어마한 부자 부모가 어딘가에서 날 애타게 찾고 있을 것 같은 거. 초등학교 때는 〈소공녀〉 보고 가출까지 했었는걸요."

"그래? 정말이야? 그래서 어떻게 됐어?"

"어떻게 되긴요. 읍내 버스정류장에서 우물쭈물하다 그냥 돌아왔죠. 돌아와보니 제가 가출했다는 걸 아무도 모르는 거예요. 그래서 확실히 알았죠. 아, 난 이 집 딸이 분명하구나."

"넌 어려서부터 무대뽀였구나."

"치. 그러는 선배는요?"

"난 내가 우리 아버지 아들이란 거 한 번도 의심해본 적 없어. 아니, 의심할 수가 없었지. 나는 아버지를 너무 많이 닮았거든."

선배의 어조에서 왠지 모르게 쓸쓸함이 묻어났다. 나는 선배와 나란히 발을 맞추며 최대한 천진하게 말했다.

"그거 물어본 거 아닌데. 그런데 아버지 닮아서 싫어요?"

나란히 걷던 선배가 갑자기 걸음을 멈췄다. 그러는 통에 선배보다 몇 발짝 앞서 걷게 된 나는 멈춰 서서 뒤를 돌아보았다.

"왜 안 와요? 술 췌요? 토할 것 같아요?"

아빠 엄마와 성이 똑같은 아이 김민준은 망고 슬러시가 먹고 싶다고 했다. 찜질방에서 팔지 않는 망고 슬러시, 식혜나 수정과로는 도저히 대신할 수 없는 망고 슬러시를 말이다.

늦은 밤, 가로등도 없는 어두운 길가에 주저앉아 훌쩍이던 남자가 있었다. 또, 그 앞에 유령처럼 서서 남자를 내려다보는 여자가 있었다. 하늘 가득 촘촘히 박힌 별들이 글썽이며 몸을 떨던 그런 밤, 후박꽃 냄새가 무겁게 내려앉은 대기를 적시며 오래도록 떠돌던 그런 밤, 아무 일도 없이 지나간 그런 날이 있었다.

그때 내가 조금만 더 진지했더라면 어땠을까. 내가 생각이 많고 조금은 복잡한 사람이었다면. 눈물 흘리는 선배 앞에 멀뚱히 서서 구경만 하는 사람이 아니라 옆에 주저앉아 같이 울어주는 사람이었다면 상황이 달라졌을까?

"뭐 이런 개떡 같은 법이 다 있어. 너무 비과학적이잖아. 너무 비인간적이잖아. 너무, 너무, 너무, 불평등하잖아."

나도 그렇게 말하고 싶었다. 세상을 향해 돌팔매질하듯 그렇게 울부짖고 싶었다. 나도 선배랑 똑같이 억울하고 서럽다고도 말하고 싶었다. 그러나 나는 끝내 그렇게 말하지 못했다.

대신 울고 있는 선배에게 이렇게 쏘아붙였다.

"그거 아니어도 우린 어차피 연애 못해요. 조직의 강령이니까. 제발 질질 짜지 좀 마요."

금기 따위, 그까짓 게 뭐라고. 나는 그때 온몸으로 외치고 있던 거였다. 지금은 눈물 대신 용기를 낼 때라고, 나는 조직의 강령보다 더한 그 무엇이라도 배신할 수 있는 사람이라고, 설사 그것이 직선으로 곧게 뻗은 길이 아니라 에두르고 또 에두르는 가시밭길이라도 난 충분히 걸어갈 수 있다고. 선배와 함께라면, 선배와 함께라면.


너무 많은 시간이 흘렀을 것이다. 지금쯤 사람들은 자리를 옮겼겠지. 몇몇은 벌써 집으로 돌아갔겠고. 친구는 또 전화를 수십 통 하면서 분통을 터뜨렸을 거다.

"선배도 온대."

1년에 한 번씩 정기적으로 모이는 신문사 동문 모임에 선배가 오기로 했다며 친구는 호들갑을 떨었다. 선배가 군에 간 후 서로 만난 적이 없으니 그럴 만도 했다. 선배는 제대 후 바로 복학하지 않았고, 우리는 졸업해 학교를 떠났지만 그래도 마음만 먹는다면 1년에 한 번씩은 만날 수도 있었다. 그런데 어쩐 일인지 선배는 동문 모임에 단 한 번도 얼굴을 내밀지 않았다. 그뿐만 아니라 시간이 지날수록 선배의 소식을 아는 동문도 점점 줄어들더니 급기야는 아무도 선배 이야기를 하지 않게 되었다.

"어쩐 일이라니."

내가 시큰둥하게 반응하자 친구는 몹시 섭섭하다는 듯이 말했다.

"반응이 뭐 그러니? 그래도 한때 우리가 경쟁적으로 사랑했던 선밴데."

"그건 또 뭔 소리래?"

"다 봤어. 선거 끝나던 날 밤에 선배랑 너랑 둘이 같이 있는 거."

순간 가슴이 조여드는 것 같은 느낌이 들었다.

"그걸 왜 지금 말해?"

나는 뭐라 딱 꼬집어 말할 수 없는 복잡한 심정이 되어 친구에게 빽 소리를 질렀다. 친구는 잠시 뜸을 들이다 장난스럽게 말했다.

"그땐 너무 무거웠고, 지금은 너무 가벼운 거지."

"뭐가?"

"진실이."

"미친년."

전화기 너머에서 친구가 까르르 웃었다.

"그런데 그걸 어떻게 봤어?"

"둘이 나가서 그렇게 오랫동안 안 들어오는데 당연히 궁금하지 안 궁금하겠냐? 그것도 술을 진탕 처마신 젊은 남녀 둘이서 야밤에."

"선배와 난 동성동본이었어."

"내가 그걸 어떻게 알아. 그리고 너 같으면 그 순간 그런 거나 생각하고 있겠냐?"

나는 후유, 한숨을 내뱉었다.

"그래 너무 가볍다. 지금은. 모든 게."

"그러니까. 지나고 나니 이렇게 아무것도 아닌 게 되네. 아, 참고로 한 가지만 말해두겠는데, 나한테 절대 미안해하지 마라. 그건 뭐, 나름 공정한 경쟁이었다고 생각하니까."

"공정하긴 뭐가 공정해. 난 동성동본이었다니까. 처음부터 핸디캡을 안고 시작한 거였다고."

"난 선배를 혼자만 좋아하는 핸디캡이 있었어."

친구와 나는 전화기를 붙잡고 한참을 웃었다. 뭐가 웃긴 건지는 모르겠지만 둘이서 아주 경쟁적으로 웃었다. 그러다가 나는 웃음 끝에 매달린 눈물을 손가락으로 찍어내며 말했다.

"우리 둘이 이러고 있는 거 선배가 알면 엄청 비웃겠다."

"그날 선배 앞에서 한번 해보지 뭐. 웃나 안 웃나. 꼭 와라."

선배는 와 있을까? 아까 통화했을 때 물어볼 걸 그랬나? 이크! 이런, 살이 또 쪘군. 저울에서 내려오며 나는 잠시 울상을 지었다. 선배가 왔다면 벌써 말해줬겠지. 저러다 심장이 튀어나오지나 않을까 걱정될 정도로 호들갑을 떨면서 설레발을 쳤겠지. 아냐, 아닐지도 몰라. 지금은 가벼워졌으니까. 선배가 온 것쯤 이제 아무 상관없어졌는지도 모르지.

드라이기로 말린 머리가 가볍게 찰랑였다. 사용한 수건들을 목욕탕 앞에 비치된 바구니에 집어넣고 나니 완벽한 알몸이 되었다. 부끄럽기보다 허전했다. 재빨리 사물함으로 가 속옷부터 걸쳤다. 그리고 전화기를 확인했다. 역시나. 친구는 전화를 또 수십 통 했다. 문자메시지도 여러 통 와 있었다.


계산대에 가서 열쇠를 반납하고 계산을 마쳤다. 어젯밤부터 와서 먹고, 자고, 씻고, 놀면서 하루를 꼬박 보낸 것 치고는 지나치게 저렴하다는 생각이 들었다. 영수증을 반으로 접으면서 안내데스크에 있는 앳돼 보이는 총각에게 웃으며 말했다.

"고마워요."

총각이 마주 웃으며 화답했다. 나는 돌아서서 육중한 유리문을 밀고 나오며 친구에게 전화를 걸었다. 친구는 전화를 받자마자 버럭버럭 성을 냈다.

"뭐야, 왜 안 와? 너 지금 어디야? 온다고 한 게 언제야, 대체."

"가고 있어. 그런데……, 아니, 아니다. 암튼 가고 있어. 금방 도착해."

"확실해? 정말 금방 도착하는 거야?"

"그럼. 깜짝 놀랄 정도로. (실은 어제부터 와 있었거든.)"

전화를 끊고 택시를 잡았다. 반백의 택시기사가 친절하게 인사하며 백미러로 뒷좌석을 바라보며 물었다.

"어디로 가십니까?"

관계의 지정학

어떤 이는 대놓고 그를 게이라고 불렀다. 그 말 속에는 일종의 경멸, 혹은 두려움이 배어 있었다. 그를 게이라고 부르는 사람들은 당장에라도 그에게 똥꼬를 따이거나 에이즈에 옮기라도 할 것처럼 굴었다. 그들의 태도는 그 옛날의 문둥이를 생각나게 했다. 나병이 옮는 병이 아니라는 걸 다 알면서도 나환자들을 피하고 격리했던 옛날 사람들처럼 그들은 사실이 아닌 이야기들을 그럴듯하게 지어내 퍼뜨리길 좋아하는 것처럼 보였다.

게이를 대하는 태도는 남자나 여자나 마찬가지였다. 남자들이 그러는 것처럼 폭력적인 양상이 겉으로 확연히 드러나지는 않았지만 여자들도 게이인 그에 대해 이야기할 때는 남의 뒷담화를 할 때처럼 공공연히 그를 깔봤다. 게이라는 사실이 드러나기 전 그에게 호감을 갖고 접근했던 여자들일수록 그런 태도는 더욱 심했다.

"개 걷는 거 봤어? 어딘가 좀 이상하다 했더니 걔는 걸음도 여자처럼 걷더라."

점심을 먹은 뒤 휴게실에 둘러앉아 커피를 마시던 중이었다. 이 팀장은 직원들 앞에서 비아냥거리며 그의 흉을 보았다. 몇몇이 고개를 끄덕였다. 나는 가만히 있었다. 그의 걸음걸이는 아무 문제없었다. 내가 보기엔 그랬다. 게다가 '여자처럼'이라니. 여자처럼 걷는 건 또 뭐람? 그렇게 따진다면 나는 남자처럼 걷는 건가? 배 내밀고 팔자(八字)로 걷는 내 걸음걸이를 떠올리며 나는 잠시 고개를 갸웃했다. 그렇다면 내 걸음걸이도 분명 이상한 것일 텐데, 저들은 나 없는 데서 내 걸음걸이도 흉보겠구나 하는 생각이 들었다. 나는 괜히 불쾌해져서는 빨대로 커피를 쭉쭉 빨아들였다.

"그런데 동성애자끼리도 남자 여자 있는 거 알아?"

"들어보긴 했죠. 뭐라더라, 자기들끼리 쓰는 용어도 있던데. 그런데 솔직히 그거 웃긴 거 아녜요? 동성끼리 남자 여자는 무슨. 뭔가 앞뒤가 안 맞잖아요."

"아니지. 앞뒤가 딱 맞지."

"어째서요?"

"애초에 조물주가 남녀를 구분해서 만든 건 다 뜻이 있어서

인데, 동성애자들은 신의 뜻 같은 건 완전히 무시하고 지들 꼴리는 대로 하겠다는 거잖아. 사탄, 마귀처럼. 하지만 제깟 것들이 아무리 겁대가리 없이 발악해봐야 별수 있어? 신이 정해놓은 섭리가 그런 걸. 이 세상은 구조상 남녀가 자연스럽게 어울려야 딱 맞아떨어지게 되어 있다고. 안 그러면 삐거덕삐거덕 제멋대로 돌아가다 결국엔 다 망하는 거지. 그러니까 지들도 나눌 수밖에 없는 거야, 아주 인위적으로. 꼴에 사랑하는 사이라고 꼴값들을 하는 거지. 가끔 돌아가면서 하기도 한다더라."

"뭘요?"

"섹스할 때 말야. 너 한 번, 나 한 번 이런 식으로 남녀를 돌아가면서 바꾼다고."

직원들 입에서 '으' 소리가 터져 나왔다. 직원들의 반응을 본 이 팀장이 교활한 미소를 띠고 짓궂게 덧붙였다.

"그런데, 걔는 남자일까 여자일까? 보나 마나 여자겠지?"

다시 직원들이 '더러워'라며 비명을 질렀다. 개중에는 이런 끔찍한 소리는 평생 들어본 적이 없다는 듯 과장되게 몸을 떠는 사람도 있었다. 나는 아무 말없이 고개를 숙인 채 일회용 컵에 꽂힌 빨대를 물고 쭉쭉 빨아들였다. 비어버린 일회용 컵에서 얼음이 조금씩 녹아가며 꿕꿕꿕 소리가 났다. 나는 처음 들어본 신기한 소리에 신이 난 어린 애처럼 계속 빨대를 빨아들였다. 그때마다 컵에서 소리가 났다. 궘궘궘궘궘…….

　그가 게이라는 사실이 어떻게 밝혀진 건지 잘 모르겠다. 술에 흠뻑 취한 어느 날 그가 나에게만 은밀히 고백한 건 기억나지만, 나는 아무에게도 그 사실을 말하지 않았다. 그날은 회식이 있던 날이었는데, 회식하는 내내 흥이 나지 않았다. 아무도 농담하지 않았고, 아무도 불평하지 않았다. 서로 언성을 높이거나 감정이 상하지 않을 만한 사회적 이슈에 대해 뜨뜻미지근한 몇 마디가 오갔을 뿐이었다. 자칭 타칭 '회식의 꽃'이라 불리는 김 대리가 빠지자 나서서 분위기를 주도하려는 사람이 아무도 없었다. 김 대리는 회식장소로 오던 중 양수가 터졌다는 아내의 전화를 받고 급히 병원으로 향했다. 그는 택시를 잡는 내내 우리에게 미안하다고 사과했다. 우리는 몹시 아쉬웠지만 그의 전화기에서 흘러나오는 다급한 목소리를 엿들은 터라 그를 붙잡을 수 없었다. 따지고 볼 것도 없이 아내의 양수가 하필이면 이 시간에 터진 것이 그의 잘못은 아니었지만, 왠지 김 대리의 사과와 우리의 서운함은 당연한 것처럼 여겨졌다. 그만큼 김 대리가 없는 회식이란 지루하기 짝이 없는 것이었다. 그가 없는 회식에서 우리는 저마다 조금씩 주눅들어 있었다. 자신의 목소리가 지나치게 크게 들렸고, 자신이 지나치게 술을 많이 마시는 것처럼 보였다. 그 때문에 자신이 먹

을 것만 밝히는 무능한 직원인 것처럼 느껴져서 지나치게 상
사 눈치가 보였다.

"아휴, 앉은 자리가 가시덤불이다."

"저는 심장이 쫄려서 이러다 심장마비 올 것 같아요. 이건
회식이 아니라 완전 극기훈련이에요."

화장실에서 손을 씻으며 내가 투덜대자 인턴사원 조가 맞
장구치며 울상을 지었다.

"김 대리의 빈자리가 이렇게 큰 줄은 몰랐네. 재미도 없고,
그만 쫑내자고 할까?"

거울에 얼굴을 이리저리 비춰보며 내가 말하자 인턴사원
조가 조심스럽게 물었다.

"그랬으면 좋겠지만……, 근데 그거 누가 말해요? 정 주임
님이 말하실 거예요?"

나는 옷매무새를 추스르고 나서 얼굴 가득 미소를 띤 채 인
턴사원 조의 어깨를 토닥이며 말했다.

"내가 미쳤니?"

화장실에서 한참을 있다가 자리에 돌아왔는데도 분위기는
여전히 그 모양이었다. 나는 달리 할 말도 할 것도 없어서 맥
주만 연신 홀짝댔다. 아무도 잔을 채워주지 않아 혼자서 술을
따라 마셨다.

"이제 그만 가지."

과장의 입에서 기다렸던 말이 드디어 나온 것은 네 병째의 맥주를 따서 잔에 막 부으려던 때였다. 구석에 찌그러져서 주정뱅이처럼 자작하며 혼자 취해가던 나는 조금 아쉬워져서 왜 하필이면 지금이냐고 말할 뻔했다. 다행히도 그 말이 튀어나오기 전에 동료들이 우르르 일어나주었다. 맥주를 붓다 말고 나도 따라 일어섰다. 하지만 아쉬운 심정만큼은 어쩔 수 없어서 엉거주춤한 자세로 잔에 맥주를 마저 붓고는 일행을 등지고 선 채 얼른 마셨다. 잔을 내려놓자마자 트림이 나올 것 같았지만 입술을 닦는 척하며 꾹꾹 눌러 참았다. 내가 하는 양을 계속 지켜보고 있었는지 우르르 방을 빠져나가는 사람들의 끄트머리에 서 있던 그와 눈이 마주쳤다. 멋쩍은 듯 그가 살짝 웃었다. 나는 남의 음식을 몰래 먹다 들킨 것처럼 무안했지만 아무렇지 않은 척 그를 향해 활짝 웃어주었다. 그가 내 얼굴 중에서 가장 마음에 든다고 한 볼우물이 한껏 돋보일 수 있도록.

과장을 택시에 태워 보내고, 각자 갈 곳으로 가느라 한바탕 야단법석을 떤 후 지하철역으로 향하는 무리에 섞여 걷고 있는데 그가 뒤에서 내 옷소매를 살짝 잡아당겼다. 뒤를 돌아보니 그가 아무 말 말라는 듯 눈을 껌뻑거렸다. 걸음을 늦추고 천천히 걸었다. 무리가 저 앞쪽으로 점점 멀어졌다.

"한 잔 더 할래?"

지하철역 입구에서 그가 나에게 말했다.

　그가 들어왔다. 휴게실 탁자에 둘러앉아 커피를 마시던 직원들이 우르르 일어섰다. 점심시간이 끝나가고 있었다. 다시 일하러 사무실로 가야 했다. 나는 단지 그뿐인 거라고 생각하려 했다. 그런데 이 팀장이 실수인 척 그에게 부딪치며 거칠게 그를 밀어냈다. 그러고는 미안하다는 말도 없이 그대로 나가버렸다. 직원들이 그 뒤를 따라나갔다. 아무도 그에게 괜찮냐고 묻지 않았다. 그는 직원들이 다 나갈 때까지 그대로 서 있다가 뚜벅뚜벅 자판기 앞으로 걸어갔다. 그러고는 손에 쥐고 있던 천 원짜리 지폐를 지폐투입구에 넣었다. 자판기는 못 먹을 음식이라도 입에 넣은 듯 잔뜩 구겨진 지폐를 화들짝 뱉어냈다. 그는 반환된 지폐를 다시 투입구에 넣었다. 자판기는 투입된 지폐를 다시 뱉어냈다. 그 일이 몇 번이나 되풀이되었다. 나는 지폐를 다시 투입구에 넣으려 하는 그에게로 다가가 지폐를 거칠게 낚아챘다. 그러고는 구겨지고 눅눅해진 지폐를 허벅지에 대고 세게 문질렀다. 지폐를 투입구에 넣자 언제 그랬냐는 듯 쏙 빨려 들어갔다. 그에게 어서 음료를 뽑으라는 고갯짓을 했다. 그는 에너지드링크를 뽑았다.
　"밥은 먹은 거니?"
　묻고 싶었지만, 아무 말 않고 나와버렸다. 그 말을 했다가는 분명히 그와 나 둘 중 누군가는 울고 말 것 같았다.

곱창이 다 익을 때까지 기다리지 못하고 우리는 소주를 마셨다. 마치 중노동을 하듯 회식을 끝낸 터라 소주가 무척 달았다.

"캬, 이 맛이지. 이 맛에 술 마시는 거지. 술맛 좋고, 분위기 좋고."

소주를 한입에 털어 넣고 가락을 붙여 말하자 그가 빈 잔을 탁자에 내려놓으며 배시시 웃었다. 그러고는 소주병을 들어 내 빈 잔에 소주를 따르며 말했다.

"네가 하도 아쉬워하는 것 같아서 데려오긴 했다만, 괜찮은 거냐?"

"당연하지. 아까 그건 마신 것도 아냐. 당최 술이 입으로 들어가는지 코로 들어가는지. 이건 뭐, 앉은 자리가 바늘방석이니 술이 들어가자마자 깨요. 아무리 회식이 업무의 연장이라고는 하지만 오늘 회식은 정말 너무하지 않았냐? 차라리 야근을 하는 게 백번 낫지."

그에게서 소주병을 넘겨받아 그의 잔에 소주를 따르며 내가 말했다. 그가 못 말리겠다는 듯이 고개를 절레절레 흔들며 웃었다. 우리는 다시 건배했다. 뜨거운 것이 목구멍과 식도를 짜르르 훑고 내려갔다. 내 입에서 '캬' 소리가 폭죽처럼 터져 나왔다. 그런 나를 보고 그가 또 한 번 빙그레 웃었다. 소주 두 잔에 벌써부터 기분이 좋아졌다.

곱창이 익어가며 고소한 냄새를 피워 올리자 아르바이트생인 듯한 젊은 종업원이 와서 능숙한 솜씨로 곱창을 잘라주었다. 안에 곱이 가득 차 있어서 보기에도 먹음직스러웠다. 입안 가득 침이 고였다. 그래서 얼른 소주를 또 한 잔 마셨다.

웃겨서 한 잔, 화나서 한 잔, 짜증나서 한 잔, 슬퍼서 한 잔, 심심할까 봐 한 잔, 목말라서 한 잔, 느끼해서 한 잔, 이래서 한 잔, 저래서 한 잔, 아무 이유 없이 한 잔 하다보니 취기가 올라왔다. 그렇게 취해가며 우리는 싸가지가 바가지이고 인정머리라고는 눈을 씻고 찾아보려야 찾아볼 수 없는 데다 책임을 져야 할 중요한 순간마다 저만치 물러나서 시치미를 떼는 주제에 말끝마다 자기가 좋은 사람이라고 우겨대는 이 팀장을 욕했다. 담화 중 최고는 뒷담화이고, 안주 중 최고는 직장 상사를 질겅질겅 씹어대는 거라는 걸 증명하려는 듯 우리는 맹렬했다. 게다가 우리가 화나고 슬프고 짜증나는 이유의 대부분은 이 팀장 때문이었으므로 그를 욕하면서 우리는 일종의 카타르시스까지 느꼈다.

"나 원래 좋은 사람이거든. 그래서 이런 말까진 안 하려고 했는데, 이 팀장 그 새끼 완전 변태 싸이코야."

나는 평소에 이 팀장이 즐겨 쓰는 말투를 빌어 그가 어떤 사람인지 한마디로 요약했다. 그때였다. 마치 내 말이 끝나길 기다리기라도 한 듯 그의 휴대전화가 울렸다. 나는 깜짝 놀라 얼른 입을 다물었다. 그리고 주위를 두리번거렸다. 잔뜩 취한 와중에도 혹시나 이 팀장이 가까운 곳에서 우리 이야기를 엿들었을까 하여 겁이 났다. 아니면 이 팀장과 가까운 지인이 우리 이야기를 엿듣고 이 팀장에게 일러바쳤을지도. 나는 머리끝까지 화가 나 발광하는 이 팀장의 모습이 떠올라 벌써부터 치가 떨렸다.

"잠깐만, 나 전화 좀 받고 올게."

휴대전화의 액정을 확인한 그가 일어서며 말했다.

"왜애. 여기서 받아."

그에게 말했지만 그는 손을 내밀어 기다리라는 표시를 하고 전화기를 귀에 댄 채 서둘러 밖으로 나갔다. 혼자 남은 나는 그만 뻘쭘하고 미안해져서 불판에 남아 있는 다 식어빠진 곱창을 젓가락으로 괜히 집적거리며 투덜댔다.

"아, 그냥 여기서 받지. 여기서 받아도 되는데. 이 팀장 그 새끼한테 당하는 게 뭐 어디 하루 이틀 일이냐? 나도 욕먹을 수 있는데, 같이 욕먹어도 되는데…… 치, 넌 맨날 뭐가 그렇게 혼자만 잘났냐?"


오후에 팀 회의가 소집됐다. 예정되지 않았던 회의라 다소

의아했다. 지금은 주중이고, 한 달의 가운데였다. 한마디로 말해 지금이 가장 한가한 때라는 얘기였다. 그런데 긴급회의라니. 뭔가 석연치 않았다.

"뭔 일이래? 야, 인턴, 너 뭐 아는 거 있어?"

김 대리가 복사를 하고 있는 인턴사원 조의 뒤통수에 대고 물었다. 조가 다 된 복사물에 스테이플러를 콱콱 찍으며 대답했다.

"아뇨. 제가 그걸 어떻게 알겠어요?"

대답에서 짜증과 빈정거림이 묻어났다. 이를 알아채지 못할 김 대리가 아니었다. 그가 회식의 꽃이 된 데에는 다 이유가 있었다. 눈치 하면 그를 따라올 자가 없었다.

"너는 허구한 날 복사하면서 그것도 파악 안 되냐? 건성으로 복사만 하지 말고 읽어봐 좀, 무슨 내용이 있나. 그래서야 어디 정직원 될 수 있겠어?"

스테이플러를 찍던 조의 손이 잠깐 멈칫했다가 다시 움직이기 시작했다. 이번에는 아무런 대꾸도 하지 않았다. 고개를 숙인 채 스테이플러를 꾹꾹 눌러 박는 조의 어깨에 힘이 잔뜩 들어가 있었다. 나는 모니터 너머로 김 대리를 째려봤다. 그러나 들킬까 봐 오래 째려보지는 못했다. 대신 김 대리가 들으라는 듯 호칭에 힘을 주어 조에게 말했다.

"조은애 씨, 커피 떨어졌던데 좀 사올래요?"

조가 다 된 복사물을 차곡차곡 간추리며 나를 건너다보았다. 그 눈에 원망이 가득했다. 나는 돌아앉아 열심히 일하는 척 심각한 표정으로 모니터를 들여다봤다. 그러나 사실 나는 모니터가 아니라 모니터 앞에 세워둔 거울을 보고 있었다. 아니 그 속에서 왔다 갔다 하는 조를 보고 있었다. 조는 얼마 안 있어 거울 밖으로 사라지더니 지갑을 챙겨 들고 다시 나타났다. 나는 화장실에 가는 척 파우치를 들고 일어섰다.

조는 엘리베이터 앞에 서서 숫자판을 올려다보고 있었다. 나는 살며시 다가가 조 옆에 섰다. 조가 고개를 돌려 나를 쳐다보더니 다시 숫자판을 올려다보았다. 나도 덩달아 숫자판을 쳐다보았다. 지하 2층에서 한참을 멈춰 있던 숫자가 점점 커지기 시작했다.

"어디, 가세요?"

그냥 서 있기 어색했는지 조가 나에게 물었다. 그때 마침 엘리베이터가 도착했다. 문이 열리자 내가 먼저 엘리베이터에 탔다. 그러고는 맨 꼭대기 층 버튼을 눌렀다. 뒤따라 타던 조가 그걸 보고 다시 내리려 했다. 나는 조의 손목을 잽싸게 낚아챘다.

"그냥 타."

조가 잠시 휘청하는 사이 엘리베이터 문이 닫혔다. 조가 황당하다는 표정으로 나를 바라봤다. 나는 그 시선을 외면하며 점점 커지는 숫자판을 뚫어져라 쳐다보았다.

"그래도 여긴 바람이 불어서 시원하네."

옥상으로 나온 내가 기지개를 켜며 말하자 조가 동의한다는 듯 숨을 크게 들이마셨다.

"아까 섭섭했니?"

"언제요?"

"내가 커피 사오라고 했을 때."

"아니요."

"아까 날 째려볼 때 눈에서 레이저가 나오는 것 같던데?"

"아니에요."

"뭐가 아닌데?"

조가 입을 꼭 다물고 눈을 내리깔았다. 뾰로통한 표정이 제법 귀여웠다.

"시비 걸려고 그러는 거 아냐."

나는 파우치에서 초코바를 하나 꺼내 조에게 건넸다. 조는 내 손과 얼굴을 번갈아 쳐다보기만 할 뿐, 초코바를 받지 않았다.

"곧 회의야. 어서 받아. 얼른 먹고 가게."

"저 커피 사러 가야 하는데요."

"안 사도 돼. 커피 많아."

조와 나는 옥상 난간에 팔꿈치를 올리고 서서 초코바를 먹었다. 다만 초코바를 먹기 위해 옥상으로 올라왔던 듯 우리는 그렇게 나란히 서서 오로지 초코바 먹는 일에만 열중했다. 손목시계가 10분 전 3시를 가리키고 있었다.

"정 주임님, 오늘 팀 회의에요, 최 주임님은 들어오지 말라는 지시가 있었어요. 제가 그 말을 최 주임님한테 전달했는데 이유가 뭐냐고, 누가 그랬냐고 묻는 거예요. 어떻게 대답해야 하나 고민하고 있는데 알았다고 하더라고요. 그냥 알았다고……. 그 표정이 계속 마음에 걸려서, 그래서……."

다 먹은 초코바 봉지를 비틀며 조가 말했다. 손목시계가 7분 전 3시를 가리키고 있었다. 나는 아무 말없이 조를 10초 정도 바라보았다.

"그냥 제 마음이 그랬다고요."

조가 눈길을 떨어뜨리며 말했다. 손목시계가 5분 전 3시를 가리키고 있었다. 이제 정말 내려가야 할 때였다. 나는 조의 어깨에 팔을 둘렀다. 그리고 내 말이 아주 가벼운 농담처럼 들리도록 노력하며 말했다. 나는 언니같이 다정한 사람도, 이 팀장과 김 대리처럼 비열한 사람도 되고 싶지 않았다. 어떤 식으로든 조를 울리긴 싫었다.

"조은애, 이름처럼 좋은 애로 살려니 많이 힘들지?"

얼어붙은 듯 조가 발걸음을 멈추더니 어깨에 두른 내 팔을 풀었다. 그러더니 곧 이어 양팔을 문지르며 말했다.

"썰렁하다 못해 추워요. 완전 아재 개그."

나는 아주 조금이지만 조가 웃어서 다행이라 생각했다. 기쁘다거나 즐겁다거나 재미있어서 웃는 진짜 웃음은 아니었지만 그래도 조가 조금은 웃을 수 있어서……. 나는 내가 지나갈 수 있도록 옥상 문을 잡고 서 있는 조의 가느다란 팔목을 바라보며 정작 하고 싶었던 말을 조용히 속으로 삼켰다.

'그런데 은애야, 조은애. 나는 조은애도 아니고 좋은 애도 아닌데 왜 이리 힘든지 모르겠다.'


"왜 이제 와? 이 팀장이지? 이 팀장 그 새끼가 뭐래? 엄청 갈궜지? 그치?"

그가 돌아와 자리에 앉기도 전에 숨도 쉬지 않고 그에게 물었다.

"이 팀장 아냐."

그가 자리에 앉으며 침울하게 말했다.

"이 팀장이 아니라고?"

"응. 이 팀장 아냐."

"진짜 아니야?"

"그래, 진짜 아니야."

"그런데 얼굴이 왜 그래?"

"내 얼굴이 뭐."

나는 그의 얼굴을 빤히 바라보았다. 그는 무심한 표정을 하고 있었으나 어쩐지 그래 보이려 노력하고 있는 것 같았다.

“그럼 누구야? 이 시간에?”

“있어. 그런 사람.”

“그런 사람? 그런 사람이 누군데?”

“있어. 알려고 하지 마. 다쳐.”

이 팀장이 아니어서 다행이긴 한데 나는 왠지 섭섭했다. 그가 나를 향해 벽을 세우고 그 벽의 바깥쪽으로 나를 자꾸만 밀어내려 하는 것 같은 느낌이 들었다. 전에도 가끔씩 그런 느낌이 든 적이 있었는데, 나는 애써 모르는 척했다. 확인하는 순간 그것이 사실이 될까 봐 두려웠다. 나는 이번에도 더 이상 아무것도 묻지 않기로 했다. 그러자니 달리 할 말이 없어서 앞에 놓인 술을 자작했다. 그가 급히 손을 뻗어 내 잔에 술을 따라주려 했지만 나는 괜히 토라져서는 그의 손을 뿌리쳤다. 무르춤해진 그가 다 식어 기름기가 엉겨 붙은 곱창에 젓가락을 갖다 댔다. 그러나 도저히 먹을 수 없겠다고 생각했는지 집어 들지는 않았다. 식탁 위에 젓가락을 도로 내려놓으며 그가 말했다.

“우리 다른 데 가서 딱 한잔만 더할까?”


생각했던 대로 회의는 별 내용이 없었다. 각자의 일정을 확인하고는 끝이었다. 이럴 거면 회의는 왜 소집했나 싶을 만큼 싱겁고 별 볼 일 없는 회의였다.

“요즘 우리 팀 분위기 엉망인 거 알지? 이럴 때일수록 다들 정신 똑바로 차리고 일하라고. 큰일을 불러들이는 건 언제나 잠깐의 방심이니까.”

각자 수첩을 챙겨 일어서려고 할 때 이 팀장이 경고인 듯 푸념인 듯 목소리를 높였다. 나는 일어서서 의자를 밀어 넣으며 속으로 이 팀장을 욕했다.

‘우리 팀 분위기는 아무 문제없어. 이 팀장 너만 없으면.’

다들 아무 말이 없었다. 그러자 이 팀장이 다 들으라는 듯이 작지 않은 소리로 덧붙였다.

“하여간 미꾸라지 한 마리가 연못물을 온통 흐려놓는다니까. 이래서 사람을 잘 뽑아야 하는 거야. 여자 하나 잘못 들어와서 온 집안이 풍비박산 나는 것처럼 회사도 그런 거라고. 그러니까……”

“그런 식의 인격모독은 삼가주셨으면 좋겠습니다.”

이 팀장의 말을 자르며 목소리 하나가 날카롭게 튕겨 올랐다. 잔뜩 주눅든 목소리였지만 그 상황에서는 충분히 건방지다고 해석할 수 있는 목소리이기도 했다.

“뭐야?”

“야, 인턴!”

이 팀장과 김 대리의 목소리가 화음을 맞춘 듯 동시에 터져 나왔다. 말에 형태가 있다면 강력한 해머와 뾰족한 칼날이 교차한 것처럼 보일 것 같았다. 김 대리가 나서자 이 팀장은 뒤로 슬쩍 빠졌다. 마치 자신은 애초에 아무 말도 한 적 없다는 듯 시치미를 떼면서. 한순간 강력하게 얽혔던 해머와 칼의 크로스가 풀리자 뾰족한 칼이 날을 세우고 상대의 심장에 본격적으로 상처를 내기 시작했다.

"야, 너 회사 그만두고 싶어? 이게 어디서 건방지게!"

"저는 조은애입니다. 야가 아니라."

금방이라도 울음이 터질 듯 조의 목소리가 떨렸다. 그럼에도 불구하고 분위기는 더욱 험악해졌다. 김 대리가 손에 들고 있던 수첩을 조 앞에 패대기치고는 당장에라도 달려들 기세로 한쪽 손을 치켜올리며 소리쳤다.

"이게 미쳤나. 어디서 아래위도 없이 개기고 지랄이야, 새카만 인턴 주제에. 너 사회생활 그딴 식으로 할래? 맛 좀 봐야 정신 차리겠어? 엉?"

"김 대리, 그만하지."

이 팀장이 김 대리의 치켜올린 팔을 성의 없이 끌어내리며 점잖게 타이르는 척했다.

"팀장님도 보셨잖습니까? 저 싸가지 없는 게······."

"인턴이라 뭘 잘 몰라서 그런 걸 가지고 뭘 그렇게까지 하나."

"그래도 이참에 버릇을······."

속으로 참 잘들 논다, 생각하고 있는데 조가 얼굴을 잔뜩 일

그러뜨린 채 밖으로 뛰쳐나갔다. 조가 뛰쳐나가고 여닫이문이 여전히 앞뒤로 흔들리는 가운데 이 팀장이 또 다 들으란 듯이 느물거렸다.

"쟤는 이름은 조은앤데 성질은 참 안 좋네. 겉과 속이 달라도 너무 달라. 이거 원, 어디 무서워서 살겠어?"


맥주집으로 자리를 옮겼을 때는 우리 둘 다 이미 취해 있었다. 나는 술이 셌지만 이미 너무 많이 마셨고, 그는 술을 많이 마시진 않았지만 적은 양으로도 금방 취하는 스타일이었다. 그럼에도 불구하고 우리는 왜 그 늦은 시각에 술집엘 또 간 것일까? 더구나 다음날이 주말도 아니었는데. 아무리 생각해도 설명할 말이 없다. 그저 술이 술을 불렀다고밖에는.

취한 상태로 술을 얼마나 더 마신 건지 알 수 없다. 그리고 또 그 상태에서 얼마나 더 취해간 건지, 급기야 어디서부터 정신을 잃은 건지 아무것도 기억이 안 난다. 다만 캄캄한 밤 번 갯불 비치듯 조각난 영상들이 간헐적으로 떠오를 뿐이다. 그나마도 상(像)은 뭉개지고 소리는 흐릿하여 그것이 꿈인지 생시인지, 술이 불러들인 거짓 체험인지 실제로 벌어진 일인지 구분도 안 된다. 이른바 그날 나는 필름이 완전히 끊겼던 것인데, 혹시 그 와중에 쪽팔릴 짓을 저지른 것은 아닌가 걱정되어 며칠에 걸쳐 해진 기억의 조각들을 그러모아 누덕누덕 기워

본 결과 다음과 같은 이야기 하나가 만들어졌다.

그날 술에 잔뜩 취한 그는 테이블 위로 몸을 45도쯤 기울이고 내게 아주 작은 목소리로 무슨 말인가를 하였다. 나는 그의 말을 단번에 알아듣지 못하고 '뭐?'라고 물었는데, 그 말이 다소 신경질적으로 들렸는지 그는 곧바로 '아니야'라고 말했다.

"뭐가 아니라는 거야, 또오. 너는 왜 맨날 아니라고만 하냐? 너는 도대체 뭐가 그렇게 아닌 거냐?"

"내가 언제. 아니야."

"또 그런다, 또. 도대체 그 아닌 게 뭔지 들어나 보자. 말해봐. 어서 말해보라고."

3차원에서 4차원으로 이동하는 것처럼 모든 게 흔들렸다. 눈앞이 빙빙 돌고 어지러웠다. 물속에 들어앉은 듯 귀가 멍했다. 그의 얼굴이 소용돌이처럼 휘돌았다가 아지랑이처럼 일렁였다가 액체괴물처럼 녹아내렸다. 클로즈업된 그의 입이 뻐끔뻐끔했다. 나는 눈에 힘을 주고 그의 입술을 읽으려고 노력했다. 말인 것과 말이 아닌 것이 마구잡이로 섞여들어 그의 말은 말인 것도, 말이 아닌 것도 같았다. 나는 무척 혼란스러웠고 그 무엇도 잘 이해할 수 없었다. 나는 시험에 빠진 이브 같다는 생각이 자꾸만 들어서 기분이 몹시 나빠졌다. 그런데 그만! 그에게 집에 가자고 말하려던 순간 확실히 이해되는 말이 또렷이 들려왔다.

"나 좋아하는 사람이 생겼어. 그런데 남자야."

그 말은 시간차를 두고 한 말일 수도, 내가 기억한다고 믿는 것처럼 나란히 이어서 한 말일 수도 있다. 그 말은 그가 한 여러 말을 한 문장으로 압축해 저장한 것일 수도, 그가 처음부터 그렇게 한 문장으로 말한 것일 수도 있다. 어쨌거나 요는 그에게 사랑하는 사람이 있는데 그게 남자라는 것이었다. 그는 분명 뒷말에 더 힘을 줬을 테지만, 그래서 그의 고백이 그에겐 비극적이고 나에겐 충격적일 거라고 여겼겠지만 나는…… 아니었다. 정반대였다. 아니 꼭 그렇지만도 않은 것이, 나는 확실히 충격을 받긴 했다. 그래서 그에게 이렇게 물을 수밖에 없었다.

"너는 여자가 되고 싶은 거니?"

나는 제발 그가 이번만은 아니라고 대답하지 않기를 간절히 빌었다. 그런데 그는 말했다. 그토록 엄청난 말을, 아무렇지도 않게, 내 앞에서.

"아니. 그건 트랜스젠더고, 나는 게이야."

입안에서 찝찔하고 비릿한 맛이 느껴졌다. 나는 무척 실망했고, 순식간에 비극적인 느낌에 빠져들고 말았다. 나에게 있어 갑작스런 그의 고백은 열렬히 짝사랑하던 남자가 알고 보니 유부남이었다는 것과 하등 다를 것이 없었다. 나는 절대 인정하고 싶지 않았다. 그가 나를 사랑할 일은 영영 없을 거라는 사실을.

그 때문에 나는 그의 말을 못 들은 걸로 쳤다. 못 들은 걸로 치고, 나는 그의 입술을 노려보며 이렇게 말했다.

"울지 마."

참으로 뜬금없는 말이었다. 눈물 따위 단 한 방울도 보이지 않는 그에게 울지 말라니. 그런데도 나는 그 말이 전혀 후회되지 않았다. 그렇게 말한 나 자신이 부끄럽지도 않았다. 어쩌면, 그 말은 실연의 칼날이 날카롭게 베고 간 내 마음에게 내가 가장 해주고 싶은 말이었을지도 모르겠다.


회의실에서 나와 보니 그는 자리에 없었다. 하긴, 견디기 힘들었겠지. 누구에게나 사랑받던 상냥한 존재가 하루아침에 왕따에 민폐 덩어리가 됐는데. 그나저나 조는 어디로 갔을까? 그러게 왜 괜히 나서가지고는.

자리에 앉았지만 일이 될 것 같지 않았다. 차라리 조를 찾으러 갈까? 아니야, 그랬다간 조와 한통속이라고 싸잡아 괴롭힘을 당하게 될 거야. 그냥 화장실 가는 척하고 찾아볼까? 아냐, 곧 돌아오겠지. 머릿속에서 이 생각 저 생각이 자웅을 겨루며 다투었다. 그러다가 어느 순간 또 이런 생각도 들었다. 다들 아무렇지도 않은데 왜 나만 조를 걱정해야 하는가? 그렇게 생각하고 나니 이번엔 또 내가 무척이나 못돼 처먹은 사람처럼 여겨졌다. 나는 이러지도 저러지도 못하고 자리에서 안절부절

못했다. 그러고 있자니 슬며시 화가 치밀었다. 왜 화가 나는지 모르겠는데 그냥 화가 났다. 책상 위에 놓인 수첩을 펼쳤다. 오늘 날짜가 적힌 페이지에는 간단한 낱말로 된 몇 개의 일정이 쓰여 있고 그 아래는 모두 여백이었다. 나는 빨간 사인펜을 들어 빈 여백에 글자를 적어나가기 시작했다.

**다 죽어버려라!!!**

느낌표를 세 개나 찍고 글씨 위에 글씨를 덧칠했다. 굵어진 글씨 아래 종이가 부스러질 듯 위태로웠다. 나쁜 사람은 싫지만 착한 사람은 더 싫다. 비겁한 사람은 싫지만 나서는 사람은 더 싫다. 비열한 강자는 싫지만 비굴한 약자는 더 싫다. 이기적인 사람은 싫지만 이타적인 사람은 더 싫다. 타인을 괴롭히는 사람은 싫지만 남에게 괴롭힘당하는 사람은 더 싫다. 그 모든 싫은 것 가운데 가장 싫은 건, 바로 나다. 나는 '다 죽어버려라!!!'에서 '다' 위에 가위표를 치고 그 밑에 '나'라고 썼다. 써놓고 보니 문법에 맞지 않는 문장 같았다. '나' 옆에 쉼표를 찍었다.

**나, 죽어버려라!!!**

그래도 이상하긴 마찬가지였다. '나' 위에 동그라미를 그렸다. 몇 겹의 동그라미를 그리는 동안 '나' 옆에 찍어두었던 쉼표가 사라졌다. 작고 여윈 '나'가 몇 겹의 동그라미에 갇혀서 죽어버리라는 말에 쫓기고 있었다. 숨 쉴 새도 없이. 나는 더욱 가학적인 마음이 되어 세 개의 느낌표 뒤에 화살표를 덧붙였다.

㉯ 죽어버려라!!! ←

창끝처럼 날카로운 화살표는 모든 글자들을 뚫고 금방이라도 '나'의 심장에 날아와 박힐 것만 같았는데, 그런 생각을 해서 그런지 정말로 가슴이 아파 왔다. 나는 수첩을 덮고 조의 자리를 바라보았다. 조의 자리는 아직도 비어 있었다. 눈길을 돌려 그의 자리를 바라보았다. 그의 자리 또한 비어 있었다. 이 시간, 둘이 함께 있다면 누가 누굴 위로해주고 있을까? 문득, 그것이 궁금해졌다.

그가 게이라는 사실을 나는 아무에게도 말하지 않았다. 그런데 어떻게 모두가 알게 된 것일까? 어쩌다 우리는 이렇게 되었을까?

결국 조는 퇴근 시간이 다 되어서 부은 눈으로 들어왔다. 그는 여전히 오지 않고 있었다. 어디로 갔을까, 이렇게 오래 자리를 비우면 사람들이 좋아하지 않을 텐데. 그의 마음 같은 거, 난 모른다. 하루하루가 얼마나 지옥 같을지, 자신을 유령 취급하는 사람들이 얼마나 두려울지, 혼자 먹는 밥이 얼마나 목을 메이게 할지, 듣지 않으려 해도 어쩔 수 없이 듣게 되는 자신에 관한 험담이 얼마나 따가울지, 혼자 맞는 바람은 또 얼마나 시릴지……, 그런 거 나는 모른다. 그래도 그렇지, 이렇게 무단으로 자리를 오래 비워두면 안 되지 않는가.

사람들이 하나둘 퇴근하기 시작했다. 그는 여전히 돌아오지 않고 있었다. 조는 부은 눈으로 칼퇴근을 했다. 나는 여전히 자리에 앉아서 그에게 보내는 문자메시지를 썼다 지우기를 반복했다.

7시, 그는 여전히 돌아오지 않는다. 조는 가고 없다. 나는 문자메시지를 또 한 번 썼다 지운다.

8시, 그는 여전히 돌아오지 않고, 나는 실수로 문자메시지의 전송버튼을 눌렀다.

- 그거 내가 말한 거 아냐. 난 아무에ㄱ

고르고 고른 말 중 하필이면……. 모든 맥락이 사라진 문장은 비겁하고 뻔뻔했다. 나는 너무 당황스러워서 멍해졌다. 손가락들이 문자판 위에서 갈 곳을 잃고 방황했다. 그가 이 메시지를 보지 않기를 바라며 삭제하려는데 그에게서 곧바로 답이 왔다.

- 알아.

아주 높은 곳에서 뛰어내린 것처럼 가슴이 철렁했다. 그가 내 탓을 하는 게 아닌데도 나는 무척 주눅이 들었다. 모든 것을 수용하는 듯한 두 글자가 오히려 그 어떤 것보다 강하게 나를 나무라는 것만 같아서 가슴이 먹먹했다. 나는 머뭇거리며 문자판을 더듬었다. 내 손끝에서 자음과 모음들이 파르르 떨리며 말을 만들어갔다.

　- 어디야? 나 지금 회산데 퇴근 같이할까?

　그는 한참 동안 답을 하지 않았다. 그의 답을 기다리며 느릿느릿 가방을 챙겼다. 가방을 다 챙겼는데도 그에게서는 답이 없었다. 나는 울 것 같은 기분이 되어 휴대전화 액정을 노려봤다. 암전, 발광, 암전, 발광, 암전, 발광, 암전, 발광……. 그에게서 답이 오지 않는 것이 마치 휴대전화 액정의 불빛이 사라졌기 때문인 것처럼 나는 강박적으로 휴대전화의 액정을 밝혔다.

　집에 가야 했지만 일어서지지가 않았다. 휴대전화 액정은 꺼진 지 이미 오래, 그의 마음 같은 거, 나는 모른다.

아름답다

- 이혼했다. 그렇게 됐다.

버스 창에 물방울이 점점이 맺히기 시작했다. 어두운 밤, 가는 비인지 눈인지 구분이 안 되는 물방울들이 떨어지고 있었다.

- 밤에 사물을 보면 모두가 아름답게 보여요. 어두운 것은 다 숨어버리고 밝은 부분만 도드라져서 그런가 봐요. 그런데 어둠 속에 오롯이 떠오른 불빛들을 가만히 보고 있으면 아름다운 것들이 하냥 징그럽게 느껴질 때가 있어요.

예를 들자면 '가령'이나 '하냥' 같은, 남들이 잘 쓰지 않는 단어를 즐겨 쓰던 그가 떠올랐다. 버스 창에 맺힌 물방울을 보면서 징그럽다고 생각한 순간이었다. 미추(美醜)를 구분하는 기준은 뭘까,라는 물음이 뒤를 이으며 머리가 아파 왔다. 그는 종종 대답하기 어려운 질문들을 나에게 던져놓고 밤의 사물들처럼 검은 어둠 속으로 섞여들곤 했다. 어떤 대답을 하든 다 이해한다는 투였지만 나는 그때마다 막중한 책임감을 느꼈다.

휴일이 길게 이어지는 금요일 밤의 고속도로는 속도를 거세당한 채 느릿느릿 움직이는 차들로 가득 찼다. 이 길 어디쯤에서 사고가 났는지도 모른다. 이런 날은 충분히 그럴 수도 있는 법이니까. 눈을 감았지만 좀처럼 잠이 오지 않았다.

가끔씩 나의 전생에 대해 생각한다. 아마도 나의 죽음은 뜨거웠을 것이다. 둔기로 뒤통수를 호되게 얻어맞았거나 심장에 총알이 박혔을지도 모른다. 때때로 떠오르는 전생의 기억들이란 그런 것이다. 뜨겁고 아프다. 그럴 때마다 나는 내 전생의 기억 어디쯤엔가 그가 있었기를 바란다. 어둠 저편에서 나의 죽음을 은밀히 사주한 그가 가면처럼 차가운 얼굴로 나의 죽음을 바라보고 있었으면 좋겠다고 생각한다. 나를 향한 그의 마음이 그토록 뜨겁게 마무리되었을 때, 그가 나를 아름답게 기억하였기를. 부디.

"오늘 안에 도착하기는 다 틀렸어. 그래. 차가 꼼짝도 안 한다니까. 이놈의 나라는 도로도 완전 개판이야. 그래. 미안해. 알았어. 다음에 보자. 굿나잇."

뒷자리의 어디에선가 통화하는 소리가 들렸다. 너무 큰 목소리였다. 고요한 차 안에서 저렇게 큰 소리로 통화할 필요가 있을까. 당신은 매너가 완전 개판이군요. 아주 소심하게 속으로만 욕을 해놓고 혼자 통쾌해하는 건 아름다운 걸까 추한 걸까? 어떤 사람은 이런 자신의 소심함에 질려 자다가 옆차기를 하면서 벌떡 일어났다던데. 자다 옆차기를 하면서 일어나면 어떤 기분이 들까? 트럭 뒤에서 오줌을 누는데 트럭이 출발해버렸을 때와 자다 옆차기를 하면서 일어났을 때 중에 어느 때가 더 창피하고 황당할까? 황당시리즈, 덩달이시리즈, 참새시리즈, 최불암시리즈, 썰렁시리즈, 사오정시리즈, 허무시리즈……. 한 시대를 풍미했던 그 많은 시리즈들은 모두 어디로 간 것일까? 나는 아직도 사오정 같은데, 지금은 나처럼 말귀를 못 알아듣는 사람을 뭐라 부르지? 이런, 생각하고 싶지 않은 생각을 너무 많이 했군. 이게 다 민주당 때문이야.

엄마의 주요 레퍼토리. 정치에 도통 관심이 없는 엄마는 국민의 신성한 권리인 선거권 따위 아무렇지도 않게 선거 공보물과 함께 휴지통에 구겨 넣었다. 태어나서 단 한 번도 선거를 해본 적 없는 걸 자랑삼는 엄마는 조금만 수틀리는 일이 있어도 민주당을 탓했다. 남 탓은 해야겠는데 마땅히 탓할 사람이 없을 때 그런다는 걸 나는 아주 나중에야 알았다. 나는 대체로 엄마가 미웠지만 그 사실을 알고 나서는 엄마가 민주당 운운할 때마다 극도로 미워졌다.

- 미우면 닮는다고 하잖아요. 그런데 엄마가 미울 수도 있나?

엄마는, 미울 수 있다. 반듯한 가정에서 귀공자처럼 자란 그는 잘 모르겠지만.


"얘, 오늘 아저씨 만난 거 비밀이다. 절대 누구한테도 말해선 안 돼. 죽어서 무덤까지 갖고 가, 알았지?"

그 남자의 자동차에서 내려 읍내에서 마을로 들어오는 버스로 갈아탄 후 엄마는 빨갛게 루즈 바른 입술을 내 귀에 바짝 대고 소곤거렸다. 나는 아무 대답 없이 남자가 사서 들려준 솜사탕을 물끄러미 내려다보았다.

"알았지, 응? 알았냐고? 너도 같이 만났으니까 이 사실이 알려지면 너도 무사하지 못할 거야. 그러니까 아무한테도 말하면 안 돼. 알았어?"

엄마의 입김이 지나간 자리가 스멀스멀 간지러웠다. 나는 손을 들어 올려 몇 번이나 귀를 쓸어내리며 대답했다.

"응."

엉덩이 밑에 깔려 있는 엄마의 허벅지가 뜨거웠다. 나는 일어서고 싶어 몸을 비비적거렸다.

"가만히 좀 있어."

엄마는 내 기분 따위는 안중에도 없었다. 자동차에서 내리는 남자에게 엄마가 활짝 웃으며 손을 흔들었을 때부터 내 기분은 엉망진창이었다. 빨갛게 루즈 바른 입술이 활짝 열리며 하얀 이가 가지런히 드러나던 엄마의 얼굴은 처음이어서 낯설었다. 절세의 미인은 아니더라도 인물로 한가락 했을 거라는 동네 아줌마들의 질투 어린 수군거림처럼 엄마는 예뻤다. 시골바닥에서 아이를 낳고 7살이 되도록 키우면서도 엄마는 처녀 적의 미모를 그대로 간직했는데, 그건 전적으로 교수였던 아버지 덕이다. 밤낮 격한 노동에 시달리는 동네의 다른 아낙네들의 시간에 비해 집안에서 별 하는 일 없이 지내는 엄마의 시간은 한없이 느리게만 흘러갔다. 시간이 느리게 흘렀으므로 엄마는 시간의 속도대로 더디게 늙어갔다. 워낙 타고난 미모도 있었지만 엄마가 그렇게 아름답게 보였던 데는 느리게 흘러가는 시간의 힘이 컸을 것이다. 그런데 이런 미인에게 한 가지 아쉬운 점이 있었으니 그것은 엄마가 잘 웃지 않는다는 것이었다. 은하철도 999의 메텔처럼 무슨 큰 우주적 비밀을 간직한 것도 아니면서 엄마는 좀처럼 웃지 않았다. 그런 엄마가 자동차에서 내리는 그 남자를 보고는 아주 활짝, 웃은 것이었다. 그리고는 그 남자와 함께 있는 내내 그랬다. 까르륵.

"어머, 얘가 왜 이래? 아깝게."

솜사탕을 뜯어 버스 바닥에 버리고 있는 나에게 엄마는 말했다. 아깝게,라고. 적어도 대학교수님의 사모님이라면 '다른 사람들과 함께 타는 버스인데 솜사탕을 여기에 버리면 어떻게 하니?'라고 말해야 하지 않았을까? 나는 내 허벅지를 찰싹 내리치는 엄마의 손보다 아깝게라고 말하는 엄마의 입술이 더 미워서 울음을 터뜨리고 말았다.

"그만 울어, 뚝. 아휴, 애가, 내가 뭘 어쨌다고 이래?"

엄마는 분명, 사람들 많은 버스 안에서 울고 있는 내가 창피했던 것이다. 따뜻하게 안고 위로해주진 못할망정 짜디짠 손바닥으로 우는 애의 입을 성급히 막은 것을 보면. 엄마는 계모가 확실했다.

"그런데 엄마, 죽어서 무덤까지 갖고 가는 게 뭐야?"

버스에서 내려 저만치 따로 떨어져 걷는 엄마에게 물었다. 솜사탕을 만져서 끈적해진 손바닥을 바지에 연신 문지르면서, 울어서 흘러내린 콧물을 훌쩍훌쩍 들이켜면서, 저만치 걷는 엄마를 종종종 따라가면서 나는 물었다.

"죽을 때까지, 아니 죽어서도 비밀을 지켜야 한다는 거야."

"근데 왜 그 아저씨 만난 걸 비밀로 해야 해?"

"네 아빠가 싫어하니까."

"근데 왜 아빠가 그 아저씨 만난 걸 싫어해?"

"네 아빠는 원래 그런 사람이야."

"근데……."

"이제 그만 조용히 해."

그런데 내 아빠는 원래, 어떤 사람이었을까?

병목구간을 벗어났는지 버스가 제 속도를 내기 시작했다. 가방에서 휴대전화를 꺼내 확인해보니 문자메시지가 2통 와 있었고, 시간은 자정을 향해 가고 있었다.

〈도착했어요?〉와 〈보고 싶어요.〉가 30분 간격으로 찍혀 있다. 각각 10시 28분과 10시 58분에 온 메시지였다. 약간 비어 있는 듯한 8이라는 숫자가 자꾸 마음에 걸렸다. 그러나 그보다 더 마음에 걸리는 것은, 보고 싶다는 말이었다. 보고 싶다는 말은 아름다운 말일까 추한 말일까. 휴대전화를 끄고 아무 소리도 들리지 않는 빈 이어폰을 귀에 꽂은 채 의자 깊숙이 머리를 묻었다.

버스가 속도를 내자 앞 유리창의 와이퍼가 바쁘게 움직였다. 아까보다 굵어진 물방울들이 필사적으로 달려들었다. 유리창에 죽죽 선을 그으며 떨어지는 물방울들은 눈이 아니라 비였다. 한때 사람들의 가슴을 울리며 엄청난 인기를 얻었던 〈겨울비〉라는 가요가 떠올랐다. 그런데 그 노래를 불렀던 가수는 지금 어디서 무얼 하고 있을까? 다시, 생각하고 싶지 않은 생각들이 떠오르려고 했다.

- 어디선가 잘 살고 있겠지. 그런데 너는 연애 안 하냐?

시간이 아주 많이 흐른 뒤 엄마에게 그 남자 얘기를 물어본 적이 있었다. 엄마는 기억도 안 난다며 시치미를 뗐다. 그러면서 한다는 얘기가 그랬다. 어디선가 잘 살고 있겠지. 과거의 사람들은 다 그렇다. 어디선가 잘 살고 있다. 죽었다는 소식은 못 들었으니 차마 죽었다고는 말 못 하고, 기왕 살아 있을 바에야 어디선가 잘 살았으면 좋겠는 것이다. 그 마음의 이면에는 자본주의의 톱니바퀴에 끼여 허덕허덕, 무슨 짓을 하든 관심도 없는 정당이나 욕하면서 살고 있더라도 옛날의 그 사람만큼은 자신이 어디선가 잘 살고 있다고 믿어주길 바라는 마음이 있는 것이다. 예전의 그 젊음과 미모가 그대로일 거라 착각하면서 끝까지 자신을 아름다운 사람으로 기억해주길 바라는 것, 그것이 과거의 사람에 대한 권리이다. 그리고 과거와는 이름 말고 아무것도 같지 않은 현재의 나를 들키지 않는 것, 그것이 과거의 사람에 대한 의무이다.

 ─ 왜 연애 안 해요?

 ─ 사랑은 변하니까.

 ─ 사랑이 변하는 게 아니고 사람의 마음이 변하는 거죠.

 ─ 어쨌든 변하잖아.

 ─ 그거 알아요? 너무 차가워요. 가령……, 빙하처럼.

 그의 따뜻함이 나를 전부 녹일까 봐 두렵다. 어쩔 수 없이 난 엄마를 닮았으니까.

엄마는 그 남자를 만날 때마다 나를 데리고 나갔다. 절대로, 내키지 않는 일이었지만 나는 그때마다 아무 말없이 엄마를 따라나섰다. 그것은 엄마를 보호하기 위한 나 나름의 방식이었다. 일테면 '아까 낮에 어디 갔었어?'라고 아빠가 묻는다면 '애가 아파서 병원에 갔었어요. 갑자기 열이 나고 막 토하잖아.'라고 대답한다거나 '우리 좀 쉬었다 갈까?'라고 그 남자가 노골적인 추파를 던질 때 '애가 보잖아요.'라고 엄마가 핑계를 댈 수 있게 하기 위해서였다. 엄마도 같은 생각을 했는지 모르겠지만, 적어도 '너도 같이 만났으니까 이 사실이 알려지면 너도 무사하지 못할 거야.'라는 말만은 두 번 다시 하지 않길 바랄 뿐이었다.

엄마는 한 달이나 두 달에 한 번씩, 내가 그 남자를 깨끗이 잊을만하면 그 남자를 만나러 갔는데, 어떻게 서로 연락이 닿아 만나는 건지는 알 수 없었다. 다만 만나는 날이 되면 누구 하나 바람맞는 일 없이 꼭 만났다. 뭐 꼭 그랬던 건 아닐 수도 있지만, 우리가 바람맞은 일은 한 번도 없었으니 그 남자도 그랬을 것이라고 믿는다.

엄마가 그 남자를 만나서 특별히 하는 일은 없었다. 그 둘은 그냥 그렇게 만나서 한적한 강가 혹은 다방 구석에 앉아 끝없이 이어질 것 같은 이야기를 나누었다. 손도 잡지 않고 그냥 그렇게 마주앉거나 나란히 앉아서 옛 이야기를 두런두런하는 것이었다.

"그때 우리 학교에서 네가 제일 예뻤어. 나는 세상에서 제일 예쁘다고 생각했지만."

감격에 젖은 소리로 그 남자가 말하면

"그랬었나요?"

부끄러운 듯 엄마가 대답하는 식이었다. 혹은

"그때도 그렇게 공부만 하더니, 공부가 지겹지도 않아요?"

다정하게 엄마가 물으면

"내가 할 수 있는 일이 별로 없더군, 그때나 지금이나."

쓸쓸한 표정으로 그 남자가 대답했다.

나는 온몸의 기운을 청각에 집중시켜 그들의 이야기를 엿들으면서 조용히 흐르는 강물에 물수제비를 띄우거나 꼬리지느러미를 우아하게 흔들며 유영하는 수족관의 금붕어를 물끄러미 지켜보았다. 그러다가 엄마가 또 한 번 까르륵 웃을라치면 큰 돌을 주워다가 강물에 풍덩 던져버리거나 수족관 유리를 손바닥으로 탁탁 치며 금붕어를 놀라게 했다. 그들은 그런 나의 행동을 귀여운 장난쯤으로 여겼을 것이다. 그 후로도 여러 번 까르륵 웃음소리가 들렸던 걸 보면.

그 무렵 다방에서 처음 먹어본 전지분유의 맛을 아직 기억한다. 남자는 나에게 묻지도 않고 커피와 오렌지주스와 우유를 시켰다.

"아이가 널 많이 닮았어."

커피에 설탕과 프림을 각각 두 스푼씩 떠 넣으며 그 남자가 말했다. 그리고 오래도록 커피를 저었는데, 그때마다 커피잔에서 챙챙 소리가 났다. 엄마는 입귀로 살포시 미소를 흘리며 나를 바라보고는 말없이 내 머리를 한 번 쓰다듬었다. 나는 딱히 할 일이 없어서 그 남자가 나에게 물어보지도 않고 시켜준 우유를 한 모금 마셨다. 그러고는 나도 모르게 소리쳤다.

"웩, 맛이 뭐 이래."

그것도 시골에서 자란 어린아이의 촌티쯤으로 여겼을까? 껄껄 웃는 그 남자 앞에서 엄마는 능금처럼 빨간 얼굴을 들지 못했다. 나는 엄마의 빨개진 얼굴 때문에 슬펐고, 그 남자의 웃음소리 때문에 분노했다. 그 순간, 나는 내가 파란해골 13호를 납작코로 만드는 마루치 아라치*가 아닌 것이 그렇게 원통할 수 없었다.

---

* 아주 오래 전 어린이들에게 큰 인기를 끌었던 만화 〈태권동자 마루치 아라치〉에 나오는 남녀 주인공. 얼마나 오래 전 만화인지, 얼마나 큰 인기를 끌었는지, 어떤 내용인지, 도대체 누가 만든 건지 등등의 정보를 알고 싶다면 인터넷 포털사이트에서 검색해 보시라. 여기서는 〈태권동자 마루치 아라치〉에 대한 자세한 설명은 피하고, 그 만화의 주제곡만을 소개하기로 한다. 주제곡은 다음과 같다. 달려라 마루치 날아라 아라치 / 마루치 아라치 마루치 아라치 야! / 태권동자 마루치 정의의 주먹에 / 파란해골 13호 납작코가 되었네 // 원수를 찾아서 하늘을 날으는 / 마루치 아라치 마루치 아라치 야! / 우리들의 아라치 날리는 주먹에 / 파란해골 13호 납작코가 되었네

그 남자와 헤어져 집으로 돌아오면서도, 집에 와서도 엄마는 그 사건에 대해 아무 말도 하지 않았다. 나는 엄마가 그때 왜 그랬냐고 물으면 이렇게 말해줄 작정이었다.

"미지근하고 들큰하고 비려서 그랬어. 꼭 토할 것 같은 맛이었단 말이야.(그 남자처럼.)"

김새게도, 나는 끝내 그 말을 하지 못했다.


제 속도를 내며 달리던 버스가 다시 서행을 하며 가다 서다를 반복했다. 내리던 비가 그치면서 길이 얼어붙은 모양이었다. 참으로 고되구나. 한숨이 절로 나왔다. 의자의 등받이를 세우고 창틀에 턱을 괸 채 창밖을 바라보았다. 저 멀리 산꼭대기에서 작은 불빛들이 깜빡였다. 점멸하는 불빛들을 바라보고 있자니 어느 여름날 한 카페에서 했던 생각들이 떠올랐다.

길을 걷다 아무 이유 없이 들어간 카페였다. 2층이었는데, 아담하고 조용했다. 그리고 앉아서 조금만 움직이면 앞뒤로 흔들리는 의자가 있었다. 창가에 자리를 잡고 앉아 얼음을 많이 넣은 아이스커피를 시켰다. 커피는 차갑기만 할 뿐 맛이 별로 없었다. 얼음만 몇 개 아드득 깨물어 먹고 커피는 테이블 위에 그냥 올려놓았다. 천천히 녹아가는 얼음이 담긴 커피를 앞에 두고 조금씩 흔들리는 의자에 앉아 있으려니 마치 딴 세상 사람이 된 듯한 기분이 들었다. 이렇게 아무것도 안 하고 거리가 환히 내려다보이는 2층 카페 창가에 홀로 앉아 있는 일은 생애 처음 있는 일이었다. 인생의 거대한 짐을 내려놓고 가볍게 산책을 즐기는 노인처럼 왠지 홀가분해지는 느낌이었다.

그렇게 5분, 아니 10분? 까무룩 든 잠에서 깨었을 때 문득 바라본 창밖에 한 여자가 있었다. 그 여자는 교차로의 횡단보도 앞에서 신호가 바뀌기를 기다리고 있었는데, 멀리서도 더위와 피로와 짜증에 지친 표정이 훤히 보였다. 그리고 점점 움직이는 많은 것들이 눈에 들어오기 시작했다. 똑같은 표정으로 그 여자의 주변에 서서 신호를 기다리고 있는 사람들, 그 사람들 뒤를 빠른 걸음으로 지나가는 사람들, 도로 위를 빠르게 지나가는 차들, 그리고 도로변에 늘어선 과일 좌판들. 멀리 떨어져서 바라본 풍경들은 비현실적이고 아름다워 보였다. 각자의 사연이 지워진 찌푸린 얼굴들은 마치 명화의 한 장면인 듯 그저 황홀하게만 보였다.

가만가만 의자를 흔들며 나는 생각했다. 경험하지 않고 그저 바라보기만 하는 세상은 이토록 아름다운 것이었구나. 그래서 신은 인간의 고통을 철저하게 무시할 수 있는 거구나. 저 위에서 내려다보기만 하는 인간의 세상은 신이 보시기에 무척 아름답겠지. 진정 내가 저토록 아름다운 것을 만들었단 말인가? 자화자찬하면서 이 카페처럼 시원하고 아늑한 곳에서 가만가만 의자를 흔들고 있는 게 신의 진정한 모습일지도 몰

라. 그러다가 어느 날 갑자기 지상에 임하게 된다면 신은 과연 이 세상을 어떻게 바라보게 될까?

어쩌면, 아름다움의 본질은 고통일지도 모른다. 멀리서 깜빡이는 저 불빛도 어쩌면 진심으로는 밤하늘을 나는 비행기와 격렬하게 만나고 싶은 건지도 모른다. 수도 없이 고통스럽게 깜빡깜빡, 나 여기 있어요, 한 번만 만나주세요, 뜨겁게. 이어폰을 너무 오래 꽂고 있었나 보다. 귀가 아프다.

- 넌 왜 내게 말할 때 나를 부르지 않니?

- 네?

- 그런 거 있잖아. 누나라든가 누구야라든가 당신이라든가 하다못해 저기요 같은 거.

- 그랬나요, 내가?

그게 무슨 대수인가, 생각하는 순간 흔들리던 그의 눈동자를 보아버렸다. 그래서 나는 이렇게 아프지만 이어폰을 뺄 수가 없다. 저 산꼭대기의 불빛처럼 깜빡깜빡, 계속되는 신호는 아름답지만 위험하다. 끝까지 나를 부르지 말아다오. 어느 순간 그에게 눈멀게 될까 봐 두렵다, 나는.


"정연아."

그 남자의 목소리는 달콤했다. 이제는 아무도 부르지 않는 엄마의 이름을 그 남자는 마치 제 것인 양 아무렇지도 않게 불렀다. 나는 처음 들어본 것처럼 엄마의 이름이 낯설기만 한데, 그 남자는 너무나 당연하게 엄마의 이름을 불렀다. 정연아, 그 남자가 부를 때마다 엄마의 머루빛 눈동자가 점점 깊어졌다.

아빠는 왜 엄마의 이름을 부르지 않을까? 저 남자처럼 다정하게 정연아, 이름을 부르고 '세상에서 네가 제일 예뻐.'라고 말한다면 엄마가 무척 좋아할 텐데. 정연아, 이름을 불러주는 아빠에게 활짝 웃어줄 수도 있을 텐데. 아빠는 그것을 왜 모를까? 네 아빠는 원래 그런 사람이야. 예전에 했던 엄마의 말이 무슨 뜻인지 조금은 알 것도 같아 가슴이 너무 아팠다.

"너 왜 안 먹니? 어서 먹어."

배가 몹시 고팠지만 내 앞에 놓인 닭다리에 손도 대지 않았다. 엄마는 내가 닭다리를 싫어한다는 사실을 잊은 것 같았다. 그렇지 않았다면 닭가슴살이 담긴 남자의 그릇과 닭다리가 담긴 나의 그릇을 바꾸는 센스쯤은 충분히 발휘할 수 있었을 텐데 말이다.

"엄마 먹어."

"이건 너 먹으라고 준 거잖아. 어서 먹어. 자, 여기 잡고."

"싫어 안 먹어. 엄마 먹으라니까."

공중에 호를 그리며 닭다리가 날다가 바닥으로 곤두박질쳤다. 엄마의 난처한 표정이 남자의 얼굴을 스치더니 곧 무섭게 일그러졌다. 하나, 둘, 셋. 엉덩이를 때리는 엄마의 손길이 매웠다.

"이게 무슨 짓이야, 버르장머리 없이."

"내가 안 먹는다고 했잖아. 엄마는 왜 내 말을 안 들어. 왜 내 말을 안 듣냐고."

울음소리가 높아졌다. 그 남자 앞이라서 창피했지만 너무 억울해서 울 수밖에 없었다. 남자는 아무 말도 하지 않고 묵묵히 남은 닭을 먹었다. 그럴 수밖에 없었을 것이다, 아마도.

"애가 입이 너무 짧아서 걱정이에요. 미안해요."

"애들이 다 그렇지 뭐."

"미운 일곱 살이라 그런지 말도 너무 안 듣고……."

"너무 억지로는 하지 마, 정연아."

고개 숙인 엄마의 목덜미로 바람 한 줄기가 지나갔다. 닭집 평상 위엔 평화로운 그늘이 드리웠고, 잔잔한 강물에선 은빛 햇살이 튀었다. 우리가 앉은 평상 옆 나무 위에선 맴맴맴 매미가 우는데, 우리 셋은 막 싸우고 토라진 사람들처럼 아무 말이 없었다.

"아이고, 애기가 똘망똘망한 게 아빠를 똑 닮았네."

닭값을 받아 든 주인 여자의 호들갑에도 아무런 대꾸를 하지 않았다. 머쓱해진 주인 여자는 뽀얀 먼지를 일으키며 나가는 자동차의 뒤꽁무니를 보며 생각했을지도 모른다. 참 이상한 가족이네.

닭사건 이후로 내 마음은 온통 얼어붙어 며칠을 앓았다. 정연아, 정연아, 부르는 남자의 목소리가 들릴 때마다 엄마는 내게서 점점 멀어져갔다. 아주 나쁜 꿈들이 곁을 맴돌았다. 정연아, 정연아, 세상에서 네가 제일 예뻐. 까르륵. 근데 아빠가 왜 싫어해? 네 아빠는 원래 그런 사람이야. 근데……, 도대체 아빠는 어떤 사람이에요? 대답해줘요. 너무 억지로는 하지 마. 도대체 뭘?

버스가 익숙한 풍경 속을 달리고 있었다. 몇 미터 앞 요금소를 통과하면 지금과는 아주 다른 세계가 펼쳐져 있었으면 좋겠다는 생각이 들었다. 동굴 속으로 들어온 연이낭자*처럼 저 요금소를 통과하기만 하면 내가 이전에 한 번도 경험해보지 못한 아름다운 세계와 만나게 되는 것이다. 그러면 나는 다시는 동굴 밖으로 발을 내밀지 않을 것이다. 혹독한 눈보라와 잔혹한 계모가 두 눈을 번득이고 있는 동굴 밖 세상은 애초에 없었다고 생각하면서 오래오래 행복하게 잘 살 것이다. 만에 하나 아

---

* 옛날이야기 〈연이낭자와 버들도령〉의 주인공. 착하고 예쁜 연이낭자가 계모의 갖은 핍박을 이겨내고 천상의 동자인 버들도령과 행복하게 잘 산다는 이야기. 이 이야기를 통해 지극한 감동과 교훈을 얻고 싶다면 예나 지금이나 예뻐야 복 받고 잘 산다는 그릇된 논리의 일반화는 적극 피하시길. 예뻐서 착한 게 아니라 착해서 예쁜 것이다.

무 일도 일어나지 않는 동굴 속 세상이 지루해져서 동굴 밖 세상을 그리워하게 된다면 커다란 돌덩이로 내 머리를 내리칠 것이다. 동굴 밖에서 살았던 기억이 완전히 지워질 때까지. 그런데 동굴 속에 살고 있는 버들도령은 어쩐다? 절대로 사랑에 빠지지 말아야지. 남과 여가 서로 사랑하여 합체되는 그 순간, 새로운 비극이 싹트게 마련이니. '오래오래 행복하게 살았습니다.' 뒤에 숨겨진 수많은 재앙들은 다 그렇게 생겨난 것이다. 그러니까 절대로 비극을 잉태한 사랑 따위는 하지 말 것.

하이패스를 장착한 버스가 단 한 순간의 주저함도 없이 요금소를 쾌활하게 통과했지만, 역시 다른 세상은 펼쳐지지 않았다. 실제 그런 일이 가능하다면 인간의 상상력은 쓸모없을 것이다. 동굴 속 세상에서는 새로운 생각이 오히려 재앙일 테니 말이다.

— 생각이 지나치게 많아요. 그래서 진부해요. 같은 자로 세상을 재고 또 재는 것, 지겹지도 않아요?

나는 생각이 많은 게 아니다. 다만 겁이 많을 뿐. 그저 변하는 모든 것들이 두려운 것뿐이다. 세상이 바뀔 때마다 누군가는 피를 흘려야 하고, 그 피를 밟고 아무렇지도 않은 척 살아가는 게 인간들이다. 그런 인간의 탈을 쓰고 한세상을 건너가는 내가 무서운 것이다. 가끔은 나도 세상은 아름다운 것이라고 주저 없이 말할 수 있었으면 좋겠다는 생각이 든다. 그렇다면, 아무 두려움 없이 그의 품 안에서 뜨겁게 녹아갈 수 있을 지도 모르겠다고.

닭사건 이후 엄마는 그 남자를 만나지 않았다. 그리고 변했다. 엄마는 매일매일 마실을 다녔다. 옆집 영훈이네를 시작으로 엄마는 온동네를 휘젓고 다녔다. 놀러 간 집에서 푸성귀를 다듬기도 하고, 이불 홑청이 팽팽하게 당겨지도록 온 힘을 다해 잡아주기도 하였다. 따각따각 다듬이 소리가 신기하다며 자청해서 다듬이방망이를 잡는가 하면, 깻단이나 콩대를 작대기로 두들겨 알맹이를 빼내기도 하였다. 그렇게 쉬운 일들을 거들며 동네 아줌마들과 급격히 친해진 엄마는 '사모님' 대신 '수연이네'라는 이름을 얻었다.

수연이네가 된 엄마는 어디서나 잘 웃고 잘 떠들었다. 남의 집 마당이나 마루에 퍼질러 앉아 끊임없이 수다를 이어가는 엄마는 배운 티가 하나도 안 났다. 단전에 힘을 얻으며 높아진 소리로 깔깔깔 웃을 때는 더 그랬다. 나는 잘 웃는 엄마가 좋았지만, 이제는 까르륵 대신 깔깔깔 웃는 엄마가 어딘지 모르게 불안해 보였다.

겨울이 왔다. 부녀회장네 집에서 동네 아줌마들의 부업이 시작됐다. 토끼털 장사가 와서 부녀회장네 집 마루에 토끼털을 자루째 부려놓으면 동네 아줌마들이 토끼 가죽을 면도칼로 다듬는 일을 하였다. 토끼털이 담긴 자루 속에는 찰각찰각 누르면 종유석이 가득 매달린 동굴 사진이 척척 넘어가는 장난감 카메라, 외국인 남자가 새겨져 있는 동그란 모양의 은색 동전, 정체를 알 수 없는 방망이, 대왕 유리구슬 따위가 보물찾기할 때 숨겨놓은 보물처럼 들어 있었다. 그래서 아줌마들이 부업을 할 때는 그 옆에 아이들이 꼭 붙어 있었다.

엄마는 부업을 일삼아 하지는 않았지만 하루도 거르지 않고 부녀회장네 집으로 갔다. 나도 곁다리로 끼어서 앉아 있다가 자루 속에서 튀어나오는 보물들을 서너 개쯤 얻을 수 있었는데, 그렇게 얻은 보물들은 다 영훈이에게 줘버렸다. 나는 자루 속에 들어 있는 조악한 보물들이 하나도 탐나지 않았다. 그것보다 더 좋은 것들이 집에 가득했다. 그런데도 내가 악착같이 엄마를 따라다닌 데는 다른 떨칠 수 없는 유혹이 있었기 때문이었다. 그 무렵 나는 잘 알아듣진 못했지만 아줌마들의 입에서 흘러나오는 무수한 이야기들에 매혹되었다.

"내 인생을 이야기로 엮으면 그야말로 대하드라마여."

과연 그 말은 틀리지 않아 아줌마들의 이야기는 장르도 다양했는데, 부녀회장네 안방에서는 여남은 개의 대하드라마가 매일매일 펼쳐졌다. 아줌마들은 큰 소리로 이야기하다가 옆에 앉은 사람의 허벅지를 철썩철썩 내리치며 웃었고, 가끔은 아이들 쪽을 힐끔거리면서 서로 머리를 맞대고 속삭였다. 아줌마들이 머리를 맞대고 하는 소리는 명확히 들리지 않았지만, 맞댄 머리들 속에 당당히 버틴 엄마의 머리를 바라볼 때마다 나는 자꾸만 정연아, 부르던 그 남자가 생각났다.

그렇게 두 달가량 계속되었던 부업이 최악의 상황을 맞이하면서 끝나버렸다. 번갈아가며 마을을 드나들던 토끼털 장사 형제가 임금을 한 푼도 지불하지 않은 채 종적을 감춰버린 것이다. 그 때문에 동네 아줌마들로부터 집중포화를 맞은 부녀회장이 거품을 물고 쓰러졌고, 순식간에 구심점을 잃은 동네 아줌마들은 뿔뿔이 흩어진 채 남편들의 지청구를 외로이 견뎌냈다. 그 와중에 엄마는 다시 예전의 차가운 모습으로 돌아와 오랫동안 우울을 앓았다.

짧은 시간 동안 엄마는 요란한 변화를 겪고 제자리로 돌아왔지만, 아빠는 아무것도 몰랐다. 그런데 정말, 아빠는 아무것도 몰랐을까? 엄마가 돌아온 그 자리는 과연 제자리이기는 한 걸까? 고독이 뭔지 순식간에 알아버린 그 해, 나는 내내 무릎이 아팠고 키가 10㎝나 자랐다.


- 이혼했다. 그렇게 됐다.

아빠는 다짜고짜 이렇게 말했다. 그 소리가 마치 '나는 건강하게 잘 지낸다.'라는 말처럼 들렸다. 그래서 나는 이렇게밖에 대답할 수 없었다.

- 그래요? 잘됐네요.

전화기 너머에선 한동안 아무 기척이 없었다. 막 끊으려고 하는데 착 가라앉은 아빠의 목소리가 들렸다.

- 엄마한테 한 번 가 봐라. 많이 울었다.

버스가 터미널로 들어서자 부스스 일어난 몇몇 사람들이 기지개를 켰다. 나는 그때까지 꽂고 있던 이어폰을 빼 가방에 아무렇게나 집어넣었다. 귀가 몹시 아팠다. 벗어놓았던 외투를 입고 내릴 차비를 하였다.

"안녕히 가십시오."

성실한 기사였다. 버스 문 앞에 서서 내리는 승객마다에게 잘 가라는 인사를 하였다. 중간쯤에 내린 나는 기사의 얼굴을 쳐다보지 않은 채 아무 대꾸 없이 지나쳤다. 그래도 상관없을 것이다, 저 기사는. 친절함이 몸에 배인 사람은 타인의 작은 외면에 담대한 법이니까.

- 엄마한테 가. 이번엔 아주 오래 있게 될 것 같아.(어쩌면 안 올지도 모르겠어.)

- 설마, 도망치는 건 아니죠?

- 엄마를 그만 미워해야겠어.

- …….

- 내가 잘못 알고 있었던 것 같아.

- 돌아오긴, 할 거죠?

잘 살아,라는 말은 끝내 하지 못했다. 과거의 사람이 되기에 그는 너무나 아름답다. 그리고 또한, 현재의 나는 아무것도 변한 게 없다. 과거의 사람이 되기에 우리는 아직 어떠한 권리도 의무도 없다. 그렇지만, 그렇지만…….

눈이 내리기 시작했다. 횡단보도 앞에 서서 신호가 바뀌기를 기다렸다. 지금 누군가 흔들리는 의자가 있는 2층 카페에서 이 거리를 내려다본다면, 추위와 피로와 짜증에 지친 나의 표정을 알아보게 될까? 텅 빈 거리가, 드문드문 지나가는 차량의 불빛이, 셔터가 내려진 가게의 외로운 마네킹이 비현실적이어서 아름답게 보일까?

파란불이 깜빡였다. 꿈에서 막 깨어난 사람처럼 서둘러 횡단보도 위로 발을 내려놓았다.

"끼이익! 쾅!"

언젠가 경험한 적 있다. 이런 뜨거운 느낌 말이다. 그가 보인다. 어쩌면 그는 어둠 저편에서 나의 죽음을 은밀히 사주했을지도 모른다. 수없이 고통스럽게 깜빡깜빡, 빙하처럼 차가운 나와 한순간 격렬하고 뜨겁게 만나기를 그는 하냥 바라고 있었을지도. 눈송이처럼 그가 웃는다, 활짝. 아름답다. 부디, 나의 죽음도 아름답게 기억되길…… 바란다.

# 복수가 이쯤은 되어야지

모두가 깊이 잠든 밤, 눈을 뜨고 생각했다. 오줌을 누러 갈까 말까. 수세식 화장실은 시어머니가 잠든 방 안쪽에 있었다. 화장실에 가려면 시어머니의 잠을 깨우게 될 테고, 그러면 또 한바탕 싫은 소리를 듣게 될 터였다. 밖에 재래식 화장실이 있었으나 깊은 구덩이에 널 두 쪽만 달랑 걸쳐져 있는 그곳은 너무 무섭고 끔찍했다. 그렇다고 밖에 나가 아무 데서나 오줌을 눌 수는 없었다. 아무리 밤이라지만 그건 아무래도 교양 있는 사람이 할 짓이 아니었다. 화장실을 코앞에 두고 노상방뇨라니!

미애는 가만히 누워 어둠을 노려보았다. 그러나 어둠을 쪼개버릴 기세로 아무리 노려봐도 답은 쉽사리 나오지 않았다. 대신 시간이 흐를수록 아랫배만 더욱 묵지근해졌다. 시골에

오면 항상 이것이 문제였다. 그래서 되도록 물을 마시지 않고, 밥도 조금만 먹었지만 밤이 되면 어김없이 화장실에 가고 싶었다.

'아악!'

미애는 소스라쳤다. 옆에서 자고 있던 남편이 육중한 다리를 미애의 아랫배에 턱 올려놓았기 때문이었다. 그러잖아도 터질 것 같은 방광에서 찔끔 오줌이 나올 것 같았다. 미애는 신경질적으로 남편의 다리를 뿌리쳤다. 그 서슬에 깼는지 남편이 돌아누우며 웅얼거렸다.

"왜 그래? 잠이 안 와?"

미애는 벌떡 일어나 남편을 째려보았다. 한밤중에 오줌을 누러 가는 사소한 문제로 심각한 고통을 겪어야 하는 이 상황이 모두 남편 탓인 것만 같아 남편이 미웠다. 더구나 아내가 어떤 위기에 직면했는지도 모르고 한가하게 잠이나 자고 있는 저 꼬락서니라니. 미애는 화장실에 가려고 일어서다가 실수인 듯 남편의 발을 세게 밟았다.

"에이, 뭐야. 어디 가?"

남편이 몸을 반쯤 일으키다 말고 자리에 다시 누웠다.

"미안. 화장실."

미애가 전혀 미안하지 않은 마음을 담아 건성으로 대답하자 남편이 다시 뭐라 웅얼거리며 반대쪽으로 돌아누웠다. 미애는 그런 남편을 다시 한 번 째려보고는 속으로 욕을 하며 소리 나지 않게 방문을 열었다.

금방이라도 떨어져 나갈 듯 위태로운 널 두 쪽에 조심스레 발을 걸쳤다. 숨을 참고 옷을 내렸다. 무게중심이 흐트러지지 않게 조심하며 쪼그려 앉아 코를 막았다. 숨이 찼다. 잠깐 숨을 쉬려고 손을 헐겁게 하자 쏘는 듯한 냄새가 났다. 다시 코를 막았다. 오줌 줄기가 시원하게 쏟아져 내렸다. 손으로 코와 입을 가린 채 한숨을 길게 내쉬었다. 안도감과 함께 뭔지 모를 분노가 치밀었다. 눈물이 났다.

옷을 추스르고 화장실 문을 밀었다. 그런데 문이 열리지 않았다. 다시 한 번 힘을 주어 밀어보았다. 문은 꿈쩍도 하지 않았다.

'이런 젠장!'

급하게 화장실로 뛰어들어 문을 닫을 때 문이 밖에서 잠긴 모양이었다. 안에 아무도 없을 때 문이 열리지 않게 하려고 문 옆에 헐겁게 박아놓은 조그마한 나무쪽이 문을 세게 닫는 바람에 저 혼자 돌아간 것 같았다. 미애는 다시 한 번 힘을 주어 문을 밀어보았다. 여전히 열리지 않았다. 온몸의 체중을 실어 밀어도 봤으나 문은 열릴 생각조차 하지 않았다. 명주실처럼 가느다란 틈으로 살펴보니 역시 문이 밖에서 잠겼다. 낭

패였다.

"여기요, 사람이 갇혔어요."

미애는 소리쳐봤다. 소리가 크게 나오지 않았다. 아무래도 소리를 질러 사람을 부르는 것은 좋은 방법이 아닌 것 같았다. 모두가 잠든 한밤중에 돌아다니는 사람이 있을 리 없었다. 설사 돌아다니는 사람이 있다손 치더라도 도둑이 아니고서야 이 시간에 남의 집을 기웃거릴 리가 없었다. 백번 양보해서 도둑 포함 누군가 볼일이 있어 한밤중의 어둠을 밟고 찾아왔다 치자. 집안의 가장 으슥한 곳으로부터 어둠을 뚫고 들려오는 여자의 목소리를 듣고 놀라자빠지지나 않으면 다행일 것이었다. 그렇다고 집안에서 사람이 나와 문을 열어줄 리도 없을 것 같았다. 아무리 큰 소리로 불러도 그 소리가 안채에까지 도달하지 못할 것이었다. 더구나 모두가 잠든 시간이었다. 고래고래 지르는 소리가 다행히도 시어머니와 남편의 고막을 두드린다 해도 그들은 다만 이것이 꿈인가 생시인가 하며 돌아누울 뿐, 밖에서 무슨 일이 일어났는지 알아보려 하지도 않을 것이다.

미애는 화장실 내부를 둘러보았다. 어두컴컴한 구석에 쇠스랑 같은 농기구와 싸리비가 기대어져 있었다. 미애는 싸리비로 달려들어 싸릿가지 하나를 쑥 뽑았다. 빗자루가 단단하게 묶였는지 가지가 잘 뽑히지 않았다. 힘을 주어 잡아당기자

살갗이 쓸렸다. 무척 아팠다. 허공에 신경질적으로 손을 몇 번 털어댄 후 다시 힘을 주어 싸릿가지를 잡아당겼다. 싸릿가지가 쑥 뽑히며 뺨을 찰싹 때렸다. 아프고 화가 났지만 눈을 찌르지 않은 게 어디냐며 애써 위로했다.

문틈으로 싸릿가지를 쑤셔 넣으려 했지만 어림도 없었다. 싸릿가지를 쑤셔 넣기엔 문틈이 너무 좁았다. 온몸으로 문을 밀면서 틈을 벌린 후 싸릿가지를 쑤셔 넣었다. 그러나 틈은 문고리 쪽으로 갈수록 좁아졌다. 싸릿가지가 문고리에 닿기도 전에 문틈에 끼어버렸다. 몇 번을 더 시도했지만 모두 헛수고였다. 미애는 싸릿가지를 멀찍이 집어 던졌다. 이제 방법은 한 가지밖에 없었다. 쇠스랑으로 문을 부수는 것.

쇠스랑을 들고 문 앞에 섰지만 어째야 할지 난감했다. 일단 간을 보듯 쇠스랑을 들어 문을 밀어보았다. 역시 꿈쩍하지 않았다. 힘이 들어가지 않았으니 당연했다. 미애는 쇠스랑으로 문을 있는 힘껏 때렸다. 쾅, 덜컹덜컹. 요란한 소리만 나고 문은 열리지 않았다.

'한밤중에 이렇게 끔찍한 소음을 내다니, 이건 교양인이 할 짓이 아니야.'

쇠스랑을 부여잡은 손에서 힘이 쭉 빠졌다. 이 방법으로는 안 될 것 같았다. 잘못하다간 온동네 사람들을 다 깨우게 될지도 몰랐다. 한밤중의 소동으로 온동네 사람들이 몰려든다면 화장실에 갇힌 채 쇠스랑을 들고 날뛰는 자신을 보게 될 테고, 그 모습은 두고두고 온동네의 흉거리가 될 터였다. 그렇게 되면 시어머니는 때를 만난 하이에나처럼 미애에게 상처를 입힐 것이었다.

"아이고, 내가 남 우세스러워서 살 수가 없다. 말년에 내가 잘난 며느리 때문에 이 무슨 창피란 말이냐. 이래서 집안에 사람이 잘 들어와야 하는 거다. 아이고, 내 팔자야."

벌써부터 시어머니의 푸념이 들려오는 것 같아 미애는 진저리가 났다.

'이제 어떻게 해야 할까?'

미애는 쇠스랑에 몸을 기댄 채 굳게 닫힌 문을 노려보았다. 눈에서 레이저라도 뿜어져 나와 잠긴 문고리를 다 태워버렸으면 참 좋겠다고 생각했다. 그러나 그런 일이 일어날 리가 없었다. 헛된 기대로 시간을 보내느니 뭐라도 하는 게 나을 것이다. 미애는 쇠스랑 끝을 문틈으로 쑤셔 넣었다. 쇠스랑이 문틈에 걸리기만 한다면 지렛대의 원리를 이용해서 어떻게든 문을 열 수 있을 것 같았다. 그러나 아무리 용을 써도 쇠스랑은 문틈에 걸리지 않았다. 가는 싸릿가지도 들어가지 못한 틈으로 쇠스랑이 들어갈 리가 없었다. 헛된 줄 알면서도 몇 번 더 시도해봤다. 그러나 역시 헛되다는 걸 확인만 했을 뿐이었다. 미애는 쇠스랑을 구석으로 팽개쳐버렸다. 입에서는 욕이, 눈에서는 눈물이 쏟아져 나왔다.

　미애는 검게 아가리를 벌린 구덩이를 등지고 쪼그려 앉아 언제까지 갇혀 있어야 할까를 가늠해보았다. 아침까지? 오줌 누러 나온 시간이 몇 시쯤이었을까? 새벽 2시, 3시? 여기에 갇혀 있은 지 얼마나 되었을까? 아침이 오려면 몇 시간이나 더 기다려야 할까? 아침이 되면 무심한 남편과 독사 같은 시어머니가 하룻밤 사이에 감쪽같이 사라져버린 나를 찾아 헤매줄까? 그 전에 허전한 옆자리를 감지한 남편이 나를 찾아와줄까? 걱정 가득한 얼굴로 암고양이처럼 잠든 시어머니를 깨워 이 사람이 사라졌다고, 조금 전까지도 옆에서 자고 있는 것을 분명히 봤는데 갑자기 없어져버렸다고, 이 밤중에 갈 곳도 없는데 도대체 어디에 있는지 모르겠다고, 이 사람이 없으면 나는 못 산다고, 그러니 어서 찾아내라고, 시어머니를 다그치며 펑펑 울어줄까? 그렇다면 나는 어떻게 해야 할까? 어떤 방법으로 내가 화장실에 갇혔다는 걸 알려줘야 할까? 미애의 머릿속으로 수많은 생각들이 분주히 오갔다.

　다리가 저렸다. 미애는 일어서서 다리를 바닥에 콩콩 굴러보았다. 찌릿한 느낌이 등허리를 타고 올라왔다. 미애는 어정쩡하게 서서 손가락에 침을 발라 코에 묻혔다. 그러고 나니 피식 웃음이 나왔다. 어렸을 때나 하던 행동이었다. 철이 들고 나서는 절대 하지 않았다. 교양인이 할 짓이 아니었으므로. 교양인은 절대로 입 밖으로 침을 내보여서는 안 되는 것이라고 믿었다. 속을 들키면 안 돼. 그것은 마음도 마찬가지였다.

초등학교 3학년 때 가장 친한 친구가 학교 화장실에 빠졌다. 아마도 그때였을 것이다. 미애가 마지막으로 마음을 들킨 건. 2교시 수업 중에 화장실에 가겠다고 말하고 나간 친구는 점심시간이 되도록 돌아오지 않았다. 2교시 수업이 끝날 때까지는 아무도 걱정하지 않았다. 똥을 길게 누는 모양이라고, 평소에 그렇게 잘난 척을 하더니 어지간히도 굵은 똥을 싸나 보다고, 앞으로 그 친구를 '니 똥 굵다'로 불러야겠다고 다들 웃으며 없는 친구를 놀려댔다. 그런데 3교시가 지나고 4교시가 끝나도록 친구는 나타나지 않았다. 공부 잘하고 모범생인 친구였다. 그런 아이가 학교를 땡땡이칠 리 없었다. 무슨 사고가 난 것이 분명했다.

미애는 4교시가 끝나는 종이 울리자마자 화장실로 달려갔다. 일자 건물로 된 학교에는 동쪽과 서쪽 끝에 화장실이 있었다. 미애의 교실은 정중앙이었다. 그 때문에 친구가 동쪽 화장실로 갔을지 서쪽 화장실로 갔을지 짐작할 수 없었다. 미애는 우선 동쪽 화장실로 갔다. 남자 소변기를 마주보고 일렬로 쭉 늘어서 있는 화장실 문을 다 열어봤지만 친구는 없었다. 미애는 서쪽 화장실로 달려갔다. 동쪽 화장실과 서쪽 화장실 사이에는 수돗가가 있었다. 미애는 정신없이 달리다가 수돗가의 턱에 발이 걸려 된통 넘어지고 말았다. 무릎이 깨져 하얀 스타킹 위로 피가 배어 나왔다. 아팠다. 그렇지만 아파할 새가 없었다. 절뚝이며 다시 달렸다.

서쪽 화장실은 그야말로 아수라장이었다. 바닥이 온통 똥으로 범벅이 되어 있었다. 미애는 자기도 모르게 코를 싸쥐었다. 바닥에 묻어 있는 똥을 밟기 싫었다. 하지만 친구가 저기 어디에 있을지 몰랐다. 난감했지만 똥 범벅인 화장실로 한 발을 들였다. 일렬로 늘어서 있는 화장실 중간 칸의 문이 활짝 열려 있었다. 미애는 까치발을 하고 그쪽으로 가보았다. 친구는 없었다. 다만 화장실 안은 바깥보다 더 처참한 꼴이었다. 벽과 바닥에 똥 덩어리가 짓이겨져 있었다. 손에 묻은 똥을 닦아내려 했던 듯 벽 여기저기에 손자국 모양으로 똥이 칠해져 있었다. 미애는 교무실로 달려가 이 사실을 선생님께 알렸다.

그날 오후는 사라진 친구를 찾느라 수업을 하지 못했다. 반 친구들 전체가 학교 구석구석을 뒤졌지만 사라진 친구는 나타나지 않았다. 사라진 친구와 같은 마을에 사는 반 아이가 친구의 집에 가봤지만 친구는 집에도 없었다. 대신 온종일 밭을 매고 늦은 점심을 먹으려 밥상 앞에 앉아 이제 막 한 술을 뜨려던 친구의 할머니만 기함하게 만들었다. 친구의 할머니는 들고 있던 숟가락을 내동댕이치고 500미터 계주의 마지막 선수처럼 전속력으로 달려 학교로 왔다. 그리고 처참한 현장을 확인했다.

"저기 산에 있어요!"

까만 콩처럼 까맣고 동글동글하게 생겨서 별명이 '까만콩'인 남자아이가 숨을 헐떡이며 달려와 선생님의 소매를 잡아끌었다.

"어떻게 하고 있던?"

"무덤에 엎드려 울고 있어요."

선생님은 역시 선생님이었다. 그 와중에도 침착함을 잃지 않았다. 선생님은 까만콩의 손을 소매에서 떼어내 꼭 잡아주고는 머리를 쓰다듬으며 말했다.

"수고했다."

그러고는 둘러선 아이들을 향해 말했다.

"우리 모두 몰려가면 서영이가 무척 창피할 거야. 그러니까 선생님하고 할머니하고 미애 이렇게 셋이서만 가자. 자, 나머지는 모두 교실로 들어가."

호기심 가득한 아이들의 얼굴이 일순 시무룩해지는 듯 보였다. 그러나 아이들은 말 잘 듣는 양떼처럼 모두 교실로 향했다.

친구는 학교 뒷산의 낮은 무덤가에 죽은 듯 엎드려 있었다.

온몸이 똥투성이였다. 멀리에서도 똥 냄새가 맡아졌다. 친구의 할머니가 달려들어 친구를 안아 일으켰다. 얼굴에도 온통 똥이었다. 할머니의 손과 옷에 똥이 옮겨 묻었다. 할머니는 그 손으로 줄줄 흘러내리는 눈물을 닦았다. 할머니의 얼굴에도 똥이 묻었다. 할머니는 똥 묻은 손으로 친구의 눈물도 닦아주었다. 그러고는 친구를 둘러업고 산길을 내려갔다. 똥 묻은 친구의 등에서 구월의 햇살이 튕겨 올랐다. 미애는 선생님의 손을 잡고 말없이 뒤를 따랐다. 내려다보니 미애의 운동화 앞코에도 똥이 묻어 있었다.

친구는 며칠 동안 학교에 나오지 못했다. 미애는 며칠 동안 구토에 시달렸다. 친구가 없는 빈자리를 똥 냄새가 가득 채운 듯 언제 어디서나 똥 냄새가 맡아졌다. 밥은 물론 아무리 맛있는 주전부리가 있어도 먹지 못했다. 미애는 친구가 없어서 허전했지만 또 한편으로는 친구가 없어서 다행이라는 생각이 들었다. 단짝 친구가 몹시도 그리웠지만 또 그만큼 친구가 밉고 싫었다. 제일 친한 친구를 미워하는 자신이 더 미워져 어떨 때는 친구가 이대로 영영 사라져버렸으면 하고 바라기도 했다.

"서영이가 내일부터 학교에 올 거야. 서영이는 그동안 많이 아팠어. 아픈 친구를 놀리면 안 된다는 거 잘 알고 있지? 서영이가 학교생활에 잘 적응할 수 있도록 너희들이 잘 도와주었으면 좋겠어. 어때, 잘할 수 있지?”

아이들 모두 한목소리로 크게 대답했다. 미애는 대답하지 않았다. 그리고 아무 준비 없이 학교로 돌아온 친구를 만났다. 미애가 먼저 친구를 외면한 건지, 친구가 먼저 미애를 외면한 건지, 아니면 둘 다 동시에 서로를 외면한 건지 모르겠다. 언제 단짝 친구였느냐는 듯 둘은 무척 서먹했다. 다시 만나 반갑다는 인사조차 없었다. 2교시가 지나도록 둘은 서로에게 한마디도 하지 않았다.

3교시는 미술 시간이었다.

“야, 자리 바꿔줄까?”

친구의 짝이 미애에게 다가와 물었다. 미술 시간에는 자유롭게 자리를 바꾸어 앉아도 되었다. 그동안 미애는 당연하다는 듯이 친구와 나란히 앉아 그림을 그렸다. 둘 다 크레파스를 가지고 있었지만 한 번은 친구 것을, 한 번은 미애 것을 번갈아 함께 썼다. 색종이와 가위, 풀도 그렇게 했다. 친구가 풀을 잔뜩 묻힌 손바닥을 붙였다 떼었다 하면서 미애의 손등 위에 거미줄을 만들어주면 미애는 색종이로 나팔꽃을 접어서 친구에게 주었다. 어느 날은 친구가 나팔꽃들을 모아 도화지에 붙인 나팔꽃밭을 미애에게 선물하기도 했다. 나팔꽃이 가득 피어 있는 빈 하늘에는 이런 문구가 쓰여 있었다.

‘우리 우정 영원히 변치 말자.’

미애는 난처해졌다. 무엇인가가 친구의 옆자리로 가지 못하도록 미애의 마음을 붙잡았다. 미애는 친구를 한 번 쳐다보았다. 친구가 기대에 찬 눈으로 미애를 보고 있었다. 미애는 그 눈길을 피하며 고개를 숙였다. 그리고 아주 조그맣게 친구의 짝에게 말했다.

"아니, 괜찮아."


'지금 나는 벌을 받고 있는 걸까?'

굳게 잠긴 화장실 문을 마주보고 서서 미애는 생각했다. 끝까지 숨겨야 했다. 그날 그 말이 마음의 전부가 아니었다 해도 끝까지 감춰둬야 했다. 아무렇지 않은 척, 친구의 옆자리에 앉아서 친구가 좋아하는 노란색 크레파스를 양보했어야 했다. 개나리 같은 건 그리지 말고, 병아리 같은 건 그리지 말고, 노란 해님 따윈 그리지 말고. 그리고 이렇게 말했어야 했다.

"나는 노란색보다 다홍색이 좋아. 봉숭아물 색깔이잖아."

그렇게 웃으며 친구의 손을 다정하게 잡아줬어야 했다. 동시에 친구와 함께 봉숭아물을 들이며 했던 맹세도 상기시켜 줬어야 했다. 첫눈이 오기 전에 봉숭아물이 다 빠져도 너와 나는 영원한 친구라고. 하늘이 우리를 갈라놓아도 우리가 친구인 건 변하지 않을 거라고.

미애는 화장실 구석에 내팽개친 쇠스랑을 집어 들어 바로 세워놓았다. 그 옆에 싸리비도 나란히 세워놓았다. 문을 열려고 꺾어놓은 싸릿가지를 잘게 부러뜨려 화장실 구덩이 속으로 던졌다. 그리고 화장실 문에 기대어 앉았다. 똥이 차 있는 구덩이가 바로 눈앞에 있었다. 그 안에서 친구의 환영이 떠올랐다. 원망 가득한 눈빛이 미애를 쏘아보았다.

미애가 친구의 소식을 듣게 된 건 성인이 된 후 열린 초등학교 동창회에서였다. 친구는 초등학교 졸업을 몇 달 앞두고 서울로 전학을 갔다. 그래서 그런지 초등학교 동창회가 몇 번 열리는 동안 단 한 번도 나오지 않았다. 화장실 사건이 있고 나서 내내 서먹하게 지냈던 터라 미애는 친구가 떠날 때 이별조차 변변히 하지 못했다. 할머니가 돌아가셔서 암 투병 중이었던 엄마가 있는 서울로 떠나게 됐다는 사실을 알고도 위로의 말조차 건네지 못했다. 미애는 몇 번이고 달려가 친구의 손을 잡고 가지 말라고 말하고 싶었다. 우리 집에서 먹여주고 재워줄 테니 나와 함께 영원히 같이 살자고 울며 매달리고 싶었다. 그러나 미애는 끝내 그렇게 하지 못했다. 다만 아빠의 손을 잡고 학교 운동장을 느리게 가로지르는 친구의 뒷모습을 창문 너머로 내내 바라보기만 했다.

"너희들 서영이 알지? 그 왜, 화장실에 빠졌던 애. 3학년 때 내 짝꿍. 아, 미애 너랑 제일 친했잖아."

미애를 바라보며 호들갑스럽게 말하는 동창에게 미애는 어색하게 웃어주었다. 긍정도 부정도 아닌 애매한 웃음이었다.

"나 서울 가서 걔 만났어."

"그래? 어땠어? 지금쯤 엄청 잘나가고 있겠지? 걔 맨날 1등만 했잖아. 교과서를 막 통째로 외우고."

"맞아. 엄마 암 걸려서 할머니랑 둘이 살면서도 엄청 씩씩했잖아. 남자애들이 고무줄 끊으면 쫓아가서 막 패고 그랬는데. 아마 별명이 여자 깡패였지?"

"아니지. 걔 별명은 부잣집 맏며느리였지. 공부 말고도 잘하는 게 한두 가지였게?"

"그러니까. 아마 지금은 엄청 훌륭한 사람이 되어 있을 거야. 우리처럼 허구한 날 돈 걱정, 취업 걱정 안 해도 되고."

칙칙한 얘기 아니면 남들 뒷담화만 하느라 늘 씁쓸한 뒷맛을 남기고 끝나버렸던 동창회가 서영이 얘기가 나오자 갑자기 활기를 띠었다. 특히 그 친구에게 남몰래 연정을 품고 주변을 맴돌며 사소한 괴롭힘을 일삼았던 남자 동창들이 눈을 빛내며 촉각을 곤두세웠다.

"훌륭한 사람이 다 뭐니. 행색이 어찌나 초라하던지 하마터면 못 알아볼 뻔했다니까."

"에이, 설마."

"설마가 아니라니까. 걔가 먼저 날 알아보고 부르지 않았다면 아마 모르고 그냥 지나쳤을 거야."

"그 정도야?"

"완전 아줌마 다 됐더라. 그동안 고생을 많이 했는지 엄청 늙어 보이고."

"천재 소리 듣던 애가 어쩌다 그렇게 됐대?"

"그러게 말이야. 똥통에 빠져서 그런가?"

내내 냉소적인 표정을 짓고 있던 동창 하나가 자못 무심한 척 툭 내뱉었다. 순간 동창생들 사이로 차갑고 날카로운 침묵이 지나갔다. 미애는 매우 언짢아졌다. 함부로 말을 뱉는 동창의 얄미운 주둥이에 멜론껍질이라도 쑤셔 박고 싶었지만 꾹 참았다. 그건 교양인이 할 짓이 아니니까. 대신 실수인 척 거의 새것이나 마찬가지인 3,000cc 맥주잔을 엎어 동창의 바지를 흠뻑 적셔놓았다. 당분간 자리에서 일어서지 못할 거다. 오줌 싼 것 같을 테니까. 미애는 속마음을 깊이 감추고 갑자기 날벼락을 맞은 동창에게 연신 미안하다고 했다. 동창이 짜증스러운 표정을 애써 누그러뜨리며 오늘 술값을 내는 것으로 퉁치겠다고 해서 술값을 독박 쓰게 되기는 했지만, 속으로 무척 고소했다.

한바탕 법석을 떤 후 서영이를 만나고 온 동창이 다시 입을 뗐다.

"그런데 걔가 이상한 소리를 하더라."

"이상한 소리? 그게 뭔데?"

"왜 안 물어봤냐고 하더라. 자기가 화장실에 빠진 이유를 묻는 사람이 왜 아무도 없었냐고. 걔는 그게 억울해서 견딜 수가 없었대."

"뭐가 억울해. 우린 걔를 위해서 그런 건데."

"그러게 말야. 걔 화장실에 빠지더니 머리가 어떻게 된 거 아냐?"

오히려 자기가 더 억울하다며 모두들 한마디씩하고 나섰다. 그도 그럴 것이 우리는 친구 앞에서 '똥'이라는 단어가 나오지 않도록 각별히 애쓰며 지냈다. 여자애들끼리 화장실에 갈 때도 '거기'에 가자고 했다. 사이가 급격히 어색해진 미애를 빼고 다른 아이들은 친구를 잘 챙겼고, 밥도 함께 먹었다. 친구가 돌아오기 전날 선생님이 한 간곡한 부탁이 아니었어도 아이들은 스스로 그 친구를 극진히 배려했을 것이다. 상처 입은 사람에게 함부로 하는 건 나쁘다는 걸 아이들은 이미 다 알고 있었다. 하여 그 시절, 왕따의 감정을 느꼈다면 친구보다 미애가 훨씬 더했을 터였다.

"그런데 그게, 듣고 보니까 알겠더라고. 나 같았어도 왜 그랬는지 누군가는 물어봐주었으면 했을 것 같아."

동창이 말을 끊고 맥주를 마셨다. 갑자기 감정이 푹 가라앉는 듯 금방 눈물이라도 떨어뜨릴 기세였다. 저마다 흥분하며 친구를 욕했던 동창들도 뭔가 잘못하고 있다는 생각이 들었는지 입을 다물고 맥주를 마셨다. 미애 또한 울컥했던 감정이 맥없이 수그러들었다.

"왜, 그랬, 대?"

미애가 조심스럽게 물었다. 동창은 미애를 건너다보며 짧게 한숨을 쉬었다. 아무 뜻 없이 그런 거였을 테지만 미애는 주눅이 들었다. 이 모든 게 미애 탓이라고 웅변하고 있는 것만 같아서였다. 동창은 목이 메는지 큼 헛기침을 한 후 말을 이어 나갔다.

"신발이 빠졌대. 그 왜 있잖아, 그날 서영이가 신고 왔던 빨간색 에나멜 구두. 서영이네 엄마가 암 병동 들어가기 전에 사주고 간 신발이었다더라. 그 구두를 신고 있으면 엄마랑 함께 있는 것 같아서 좋았는데, 닳아서 못 신게 될까 봐 아껴가면서 신었대. 특별히 좋은 날 아니면 특별히 슬픈 날에만 신는 신발이었대, 그 구두가. 그리고 그날은 엄마가 너무 보고 싶어서 특별히 슬픈 날이었고."

미애는 입술을 깨물었다. 아무것도 몰랐다. 친구의 엄마가 걸렸다는 암이라는 것이 얼마나 무서운 병인지, 친구가 보낸 수많은 날들이 얼마나 그립고 외로운 날들이었는지, 그 수많은 날들 중에 하필이면 그날이 그토록 슬픈 날이었다는 것도, 그 슬픈 날에 신었던 그 신발이 친구에게는 그렇게나 소중한 것이었다는 것도. 언젠가 그 구두를 신고 절뚝거리는 친구에게 왜 그러느냐고 물어본 적이 있었다. 친구는 신발이 작아져서 발이 아프다고 했다. 그러면 다른 신발을 신던지 구겨 신으면 되지 않느냐고 했더니 친구는 아직은 참을 만하다며 웃었다. 다른 신발로는 대체 불가능한 것, 발을 억지로 구겨 넣을지언정 절대로 흠이 나서는 안 되는 구두. 그런 것이었다. 그토록 소중한 신발을 미애는 끝내 알아보지 못했던 것이었다.

"어쩌다 그랬는지 그 구두 한 짝이 화장실에 빠졌대. 아무 생각이 안 났다더라. 똥 위에 얹혀 있는 신발을 꺼내야겠다는 생각밖에는. 그래서 팔을 집어넣었는데, 손이 닿지 않더래. 조금만 더 팔을 뻗으면, 조금만 더 뻗으면 하다가 그만 똥통에 빠져버린 거지."

좌중이 숙연해졌다. 다들 말없이 테이블만 노려보고 있었다. 그리고 조금 후, 미애는 동창의 말에 펑펑 울어버리고 말았다.

"신발을 꺼내지 못하면 엄마가 죽을 것 같았대. 그래서 꼭 꺼내야 한다고……."


'서영아, 정말 미안해.'

미애는 아주 오랜만에 친구의 이름을 불렀다. 친구의 이름을 부르자 그동안 마음 저 밑바닥에 억눌러 왔던 친구에 대한

그리움이 터진 둑의 물처럼 덮쳐 왔다. 미애는 똥구덩이 위에
서 너울거리고 있는 친구의 환영을 향해 손을 내밀었다.

'네가 날 여기에 가둔 거니? 참 근사한 복수야. 인정해.'

미애는 진심을 담아 미소 지었다. 너울거리는 서영이의 환
영이 마주 웃어주는 듯했다. 다 안다고 말해주는 듯한 저 웃
음. 괜찮다고, 이젠 다 괜찮다고 다독여주는 듯한 서영이의 미
소였다. 그때 뒤늦게라도 서영이의 이름을 불렀다면 미애를
향해 분명히 지어 보였을 서영이의 미소였다. 이제라도 불러
줘서 고맙다고 말하는 서영이의 미소였다. 미애는 가슴이 아
팠다. 저도 모르게 울음이 터져 나왔다. 화장실 바닥에 주저앉
아 아이처럼 발을 뻗치고 엉엉 목 놓아 울었다. 울면 울수록
소리가 높아졌다. 교양인이라는 자의식이 눈물에 녹아 줄줄
흘러내렸다.


"야, 뭐해?"

화장실 문이 벌컥 열렸다. 순간 얼음이 된 듯 미애의 모든
동작이 멈췄다. 잠시 후 화장실 문을 열고 서 있는 사람이 남
편이라는 것을 알아챈 미애가 남편 품으로 와락 달려들어 눈
물 콧물로 범벅이 된 얼굴을 파묻었다.

"나는, 그냥 오줌을 누려고 했는데, 엉엉, 화장실 문이, 잠겨
가지고, 엉엉, 아무도 안 와서, 막 무서워가지고……."

"얘가 뭐라는 거야. 똑바로 말해. 울지 말고."

남편이 흐느끼는 미애를 품에서 떼어놓으며 짜증스럽게 말했다. 반갑고 고마웠던 마음도 잠시, 미애는 왈칵 서러워졌다. 칼바람 몰아치는 벌판 한가운데 홀로 서 있어도 이만큼 외롭진 않을 것 같았다. 미애는 남편이 남보다 못하게 느껴졌다. 그래서 남편을 밀치고 있는 힘껏 발을 구르며 혼자서 방으로 들어갔다. 머리끝까지 이불을 뒤집어쓰고 드러눕자 자꾸만 서운하고 분한 생각이 들었다.

'내가 누구 때문에 여기 와 이 고생을 하는데.'

생각할수록 부아가 치밀어 미애는 이불을 홱 걷고 일어났다. 그러고는 뒤늦게 방으로 들어오는 남편을 째려봤다. 미애의 날카로운 시선에도 아랑곳없이 남편은 불난 집에 부채질하듯 미애의 화난 마음에 불을 질렀다.

"아우, 똥 냄새. 너 밖에 나가서 자."

코를 싸쥐고 느물거리는 남편은 철부지 어린애 같았다. 그 모습이 얼마나 얄미운지 뺨이라도 올려붙이고 싶었다. 그렇다고 진짜로 때릴 수는 없고, 대신 어린애를 나무라듯 크게 소리를 질렀다. 밤이 깊은 것쯤 아무래도 상관없었다. 교양 따위 개나 물어가라지.

"사람이 어쩜 그래? 화장실 간다고 나간 사람이 한참이 지나도 안 들어오는데 궁금하지도 않아? 잠이 와?"

"그래서 나갔잖아. 걱정돼서."

"이게 걱정되는 사람의 태도야, 지금?"

"내 태도가 뭐, 어쨌다고."

"당신은 이 상황이 재미있지? 그래서 이러는 거지, 지금? 나 약 올라 죽으라고."

"나 원 참. 물에 빠진 사람 구했더니 보따리 내놓으랬다고, 화장실에 갇힌 사람 기껏 구해놨더니 적반하장이네. 내 참 기가 막혀서."

"내가 얼마나 무서웠는지 알아? 살려달라고 아무리 소리쳐도 아무도 안 나와 보고, 문을 열려고 별의별 짓을 다 해봐도 문은 안 열리고, 대체 언제까지 갇혀 있어야 되는지도 모르겠고. 내가, 내가……."

그때였다. 갑자기 방문이 벌컥 열리며 시어머니가 나타났다.

"이 밤에 무슨 소란이냐, 대체. 어디 싸우는 소리가 문지방을 넘어. 시에미도 있는데."

"그런 거 아냐. 얘가 화장실에 갇혀 있다 나와서 무서워서 그래. 엄만 가서 자."

남편이 두둔한다고 누그러질 시어머니가 아니었다. 시어머니는 잔뜩 못마땅한 표정으로 혀까지 끌끌 차면서 끝내 미애의 가슴에 한이 될 말을 남겼다.

"밤에 왜 화장실 문을 닫고 난리래? 누가 본다고. 그리고 안에 화장실 있는데 왜 바깥으로 가. 저렇게 곁을 안 주니 아무리 잘해준들 다 무슨 소용이람. 쯧쯧."

추석날 아침, 미애는 나물을 볶고 탕국을 끓이며 얄미운 시어머니와 남편에게 어떻게 복수를 할까 내내 궁리했다.

오랜 궁리 끝에 마침내 한 가지 계획이 떠올랐는데, 미애는 자신이 계획을 세우고도 소스라치게 놀라 으스스 어깨를 떨었다. 그것은 명절 아침에 떠올릴 수 있는 최고로 불경한 생각이었다. 성공한다면 최고의 복수가 될 것이지만, 천하에 나쁜 년이 될 각오를 해야 하는 그런 생각이었다. 그것은 바로, 남의 아이를 몰래 낳아 이 집 자식인 듯 기르는 것이었다. 미애는 전율했다. 아니지, 이건 아니야. 이건 아무래도 교양인이 할 짓이 아니야. 미애는 고개를 설레설레 흔들어 방금 세운 계획을 머릿속에서 지워버렸다. 그러고 나서 어떻게 하면 교양 있게 복수를 할 수 있을까 다시 생각하기 시작했다.

탕국이 부글부글 끓어오르며 안에 든 고기와 무와 두부가 한데 얽혀 요동쳤다.

'탕국아, 네 마음이 바로 내 마음이구나. 저 인간들 입에 들어가 피가 되고 살이 될 생각을 하니 미칠 것 같지?'

미애는 절절한 위로의 말을 속삭이듯 속으로 중얼거리며 간을 맞추려고 소금통을 집어 들었다. 순간 미애의 머릿속에

한 가지 생각이 떠올랐다. 미애의 입가로 만족스러운 웃음이
번져나갔다.

# 오십 번지 서쪽*

* 중국 소설가 류전윈의 『객소리 가득 찬 가슴』에서 빌려 옴.

오십 번지에는 한 명의 노인과 두 명의 노파가 살고 있었다. 한 명의 노파는 한 명의 노인을 '여보'라 명명했다. 또 다른 한 명의 노파는 한 명의 노인을 '아빠'라 불렀다. 그리고 이 노파는 다른 한 명의 노파에게 '언니'라고 했다. 당연하게도 언니라 불린 노파는 또 다른 노파를 '동생'이라 불렀다. 한 명의 노인은 한 명의 노파에게는 '당신'이라고 했고, 또 다른 한 명의 노파에게는 '이쁜이'라고 했다. 여보이기도 하고 아빠이기도 한 노인이 이쁜이이기도 하고 동생이기도 한 노파를 이쁜이라 부를 때마다 당신이기도 하고 언니이기도 한 한 명의 노파는 이를 뿌득뿌득 갈았다.

이건 옛날이야기이기도 하고 아니기도 하다. 얼핏 보면 대단히 복잡한 것 같은 이들의 관계를 도식적으로 설명하면 간

단하기 이를 데 없지만, 이건 옛날이야기이기도 하고 아니기
도 하기 때문에 이들의 관계가 간단히 정의되어야 할 하등의
이유가 없다. 다만 앞으로 펼쳐질 이야기에 대한 독자의 편의
를 고려하여 그들에게 이름을 부여한다. 그렇지만 이 이름들
은 모두 가명이다.

노인(유성식, 83세)이 이쁜이(이입분, 73세)를 다정하게 부를 때
마다 당신이기도 하고 언니이기도 한 한 명의 노파(김간난, 85
세)가 평생에 걸쳐 느껴 온 소외감을 토로하며 이를 뿌득뿌득
갈고, 눈을 하얗게 치뜨긴 했지만 이들 셋은 사이가 매우 좋았
다. 이들은 흡사 한 세트의 다기(茶器)처럼 항상 붙어 다녔다.
특히 얼핏 보면 자매지간 같은 두 노파는 진짜 자매와도 같이
사이가 좋아서, 이들이 장에 가거나 남의 집 잔칫집에 가거나
마실을 다닐 때면 노인이 맨 앞에 서고 두 노파가 팔짱을 끼거
나 손을 잡고 노인의 뒤를 따라가는 방식으로 언제나 견고한
이등변삼각형의 대형을 이루었다. 남 얘기하기 좋아하는 사람
들은 이들이 지나갈 때마다 참으로 남사스러운 일이 아니겠
느냐고 수군거렸지만, 이들 중 누구도 이 대형에서 벗어나본
적은 단 한 차례도 없었다.

그러던 어느 날 이등변삼각형의 꼭짓점이 사라졌다. 유성
식이 오십 번지 서쪽에 묻히던 날, 진짜 자매와도 같은 두 노

파는 이등변삼각형의 밑변처럼 서로 마주앉아 양손을 부여잡고 통곡했다. 상여꾼의 상여소리보다 더욱 구슬픈 울음소리가 짱짱한 하늘을 쩡쩡 울렸다. 묘꾼과 조문객 다 합쳐봐야 몇 되지 않는 사람들은 이들의 구슬픈 울음소리에 함께 울었다.

유성식의 사인은 노환으로 인한 자연사로 처리되었다. 굳이 아침에 눈을 떠 보니 잠든 듯 죽어 있더라는 김간난과 이입분의 증언이 아니더라도 유성식의 곱디고운 시신을 본 사람이라면 유성식이 자연사했다는 것을 의심할 수 없었다. 심지어는 염쟁이조차도 유성식의 시신을 알코올로 씻어 내리며

"어허, 호상이로세, 호상이야."

라고 거듭 감탄할 지경이었다. 염쟁이의 어깨너머로 염하는 모습을 물끄러미 바라보던 김간난과 이입분은 염쟁이의 거듭된 감탄사를 듣고 그동안 참고 참아 왔던 울음을 터뜨리며 서로 부둥켜안았다. 그리고 이런 말을 뱉어냄으로써 염쟁이를 무르춤하게 만들었다.

"호상이라니, 아아, 호상이라니. 그래도 사람이 죽었는데 호상이라니……."

"아이고 언니, 진정하시오. 언니가 아빠보다 두 살이나 더 많아도 아직 한참을 더 살 것이오."

"아이고 동생, 죽는 것은 무섭지 않으나 나 죽으면 분명 너도나도 두고두고 호상이라 할 터인데 그 말은 왠지 나 죽은 걸

시원해하는 말 같으니 그것이 섭섭하네.”

“아이고 언니, 원통하고 원통하오. 그런 말씀 아예 마오.”

염쟁이는 이 두 노파가 죽은 사람을 애도하느라 우는 건지, 미구에 닥칠 자신들의 죽음이 슬퍼 우는 건지 도무지 헷갈렸으나 상갓집에서 곡소리 나는 것이야 자연스러운 일이었으므로 울음 속에 섞여든 이들의 넋두리를 묵묵히 견뎌내었다.

“다 끝났습니다. 그런데…….”

염을 끝낸 염쟁이가 뭔가 할 말이 더 남았다는 듯 머뭇거렸다. 염쟁이에게 돈을 건네던 김간난은 곤혹스러운 표정으로 이입분을 바라보았다.

“돈이 부족하시오?”

염쟁이의 눈치를 살피는 이입분의 목소리가 떨렸다.

“그게 아니라……. 아무리 봐도 호상입니다. 이런 말은 좀 상황에 안 맞는 말이지만, 아주 좋은 일입니다. 그럼요, 고인의 시신이 저렇게 고우니 이 집은 삼대가 복 받을 겁니다. 삼대가 뭐예요, 오대가 복 받을 겁니다. 아무렴요. 그리고 염값은 부조하는 셈 치고 받지 않겠습니다.”

염쟁이가 돈이 든 봉투를 내밀자 김간난과 이입분은 다시 서로를 부둥켜안으며 큰 소리로 통곡했다. 염쟁이는 또다시 마구 헷갈리기 시작했는데, 이들의 울음이 자신의 덕담 때문인지 다시 내민 봉투 때문인지 아니면 노인의 죽음 자체가 슬폈기 때문인지 도무지 알 수 없었기 때문이었다. 이들의 울음 앞에서 난감해진 염쟁이는 따가운 콜라를 벌컥벌컥 들이켜고 는 서둘러 대문을 나섰다. 대문을 나선 염쟁이는 자신의 뒷머 리를 벅벅 긁으며 이렇게 중얼거렸다.

"참 이상한 자매야."


솥적다 솥적다 소쩍새의 울음소리만 구슬프게 들리는 밤, 김간난과 이입분은 이불을 펴고 나란히 누웠다. 유성식이 빠 져나간 가운데 자리가 유독 휑하게 느껴지는 밤이었다. 김간 난은 이입분의 깊은 한숨 소리를 들으며 오래 몸을 뒤척였다.

"이쁜아."

김간난이 나지막이 이입분을 불렀다. 아무 대답이 없었다.

"자냐?"

김간난이 이입분 쪽으로 돌아누우며 이입분의 옆구리를 찔 렀다.

"오메, 왜 이러시오? 깜짝 놀랐소."

"잠도 안 들었으면서 왜 대답을 안 하고 그러냐?"

"언니는 왜 안 하던 짓을 하고 그러우? 이쁜이라니, 남사스 럽게……."

"남사스러워? 영감이 이쁜이라고 할 때는 넙죽넙죽 대답도 잘 하드만, 왜 내가 부르니까 대답도 하기 싫으냐?"

“언니도 참.”

이입분이 김간난을 등지며 돌아누웠다.

“이리로 돌아누워.”

김간난이 이입분의 어깨를 끌어당겼다. 이입분은 어깨를 옹송그리며 몸을 말았다.

“벽에 꿀이라도 발라놨냐. 왜 자꾸 그쪽을 보고 그러냐. 이리 돌아누워.”

김간난이 이입분의 어깨를 세차게 끌어당기자 이입분은 못 이기는 척하고 김간난 쪽으로 몸을 돌렸다. 유성식이 사라진 자리에서 늙고 주름진 두 손이 얽혀들었다. 둘은 그렇게 한참을 마주 누워 서로의 숨소리를 들었다. 정적 속으로 다시 소쩍새의 울음소리가 젖어들었다.

“잠들었소?”

“아니.”

“다시는 이쁜이라 부르지 마소.”

“왜? 이쁜이를 이쁜이라 안 부르면 뭐라 불러?”

“나는 이쁜이가 아니라 입분이요. 이입분.”

“입분이나 이쁜이나.”

김간난이 샐쭉한 목소리로 대답하자 이입분이 다시금 깊은 한숨을 내쉬었다.

“구들장 꺼진다. 젊은 것이 웬 한숨이 그리도 깊으냐.”

"언니도 참."

이입분이 입귀로 웃음을 샐샐 흘렸다.

"왜, 젊다니까 기분 좋냐?"

"아이, 언니도 참."

"이것아, 언니라고 부르지 말어. 내가 시집오자마자 앨 낳았으면 너 만한 딸이 있어."

"그것이 억울하면 진작 말하지 그랬소. 사십 년씩이나 들어 놓고서는."

"그때는 말이나 할 수 있었나?"

"하긴. 언니도 나도 참 기막힌 세월을 살았소."

이입분이 천장을 향해 돌아누우며 한숨을 내뱉었다. 김간난도 뒤따라 천장을 향해 돌아누웠다. 흐르는 달이 구름을 뚫고 얼굴을 내밀었다. 가슴에 손을 얹고 나란히 누운 두 노파 위로 창문으로 스며든 달빛이 내려앉았다. 좀처럼 잠이 오지 않는 밤은 길고 길었다.


"좀 더 넣어야 안 되겠소. 그것 갖고는 어림도 없을 것 같소."

밥물을 가늠하던 김간난이 물을 조금 더 부었다.

"이 정도면 되려나? 나는 진밥은 싫어."

"몇십 년 동안 진밥만 먹다가 갑자기 된밥을 먹으면 탈이나 안 나려나 모르겠소."

이입분이 걱정스럽다는 듯 밥물에 손을 담갔다. 물은 손등 중간쯤까지 올라왔다.

"이 정도면 된 것 같소."

이입분은 내솥 밑의 물기를 행주로 대충 닦아 밥통 안에 넣고 취사 버튼을 눌렀다.

"언니도 참, 진밥이 그렇게 싫으면서 그동안 어찌 참고 살았소."

김간난을 바라보는 이입분의 눈에 안쓰러움이 실렸다. 오래된 곶감처럼 검고 쭈글쭈글한 김간난의 몸피는 너무나 작아서 이입분의 눈시울을 뜨겁게 했다.

"그보다 더한 것도 참고 살았네."

바닥에 떨어진 물기를 걸레로 훔치며 김간난이 침을 뱉듯 말했다.

"인생이 이렇게 허망할 줄 알았으면 참지 말고 그냥 살 걸. 당장 죽더라도 하고 싶은 대로 한번 해보고 살 걸 그랬어. 지금 속으로 불쌍하다고 생각하지?"

"불쌍하기는. 언니보다 내가 백배는 더 불쌍할 거유."

이입분이 입을 실룩이며 김간난을 곱게 흘겨보았다. 김간난은 그런 이입분을 바라보며 너도 이제 많이 늙었구나 생각했다.

"이 밥만 다 먹고 저세상으로 갔으면 딱 좋겠소."

김간난은 아무 대꾸 없이 밥통을 물끄러미 바라보았다. 그러고는 누가 듣든 말든 상관없다는 듯 나직하게 중얼거렸다.

"밥통이 좋긴 좋아. 가마솥에 밥하는 거에 대면."

오십 번지 서쪽 유성식의 묘를 등지고 두 여인이 나란히 앉았다. 성묘라도 마쳤는지 묘 앞에 깔아놓은 돗자리 위에는 사과, 배, 북어포 따위가 아무렇게나 뒹굴고 있었다.

"참 곱네, 고와. 이런 날 죽으면 딱 좋겠네."

김간난은 서쪽 하늘에 번진 노을을 바라보며 혼잣말처럼 읊조렸다. 이입분은 소주잔을 쭉 소리가 나게 들이켜고는 김간난에게 내밀었다. 김간난이 이입분을 돌아보며 소주잔을 받아들자 이입분이 소주병을 들이밀고는 잔이 철철 넘치도록 술을 따랐다.

"췄냐?"

잔에 든 소주를 찔끔 마시고 김간난이 이입분에게 말했다.

"헤헤."

몸을 외로 꼬고 이입분이 웃었다. 김간난이 술을 쭉 들이켜고 한 손으로는 입가를 훔치고 다른 한손으로는 이입분에게 잔을 내밀며 퉁을 주었다.

"어디서 교태야. 곱게 술이나 처먹지. 에구, 징글징글한 년."

이입분이 술잔을 받아들며 다시 헤헤 웃었다. 이입분이 웃을 때마다 넘칠 듯 잔이 출렁였다. 잠시 후 이입분이 웃음을 멈추자 술잔의 흔들림도 멎었다. 고요해진 술잔을 물끄러미 바라보던 이입분은 잔을 바닥에 내려놓고 김간난의 무릎에 머리를 기댔다.

"나는 언니가 참 좋소."

"뭐가 좋으냐?"

"그냥 좋소."

"욕하고 구박해도 좋으냐?"

"그래도 좋소."

"에구, 속없는 년."

김간난은 자신의 무릎에 기댄 이입분의 머리를 가만가만 쓸어내렸다.

노을 속으로 검은 새 한 마리가 잠겨 들었다. 그때까지도 이입분의 머리를 쓰다듬던 김간난이 꿈꾸듯 말했다.

"저 새는 어디로 가는 걸까?"

고요한 정적 속으로 바람 한 줄기가 지나갔다.

"자냐?"

"아니요."

"그런데 왜 아무 대꾸가 없어."

"언니는 내가 제일 미웠던 때가 언제였소."

"뜬금없기는……. 네가 안 미운 때가 한 시라도 있었겠냐?"

"그래도 제일 미울 때가 있었을 것 아니요."

김간난은 눈을 들어 먼 하늘을 올려다보았다. 붉은 노을 사이로 검은 기운이 스며들고 있었다. 고운 것도 한때라. 김간난은 이입분의 하얗게 센 머리카락을 내려다보며 이입분이 제일 미웠던 때를 떠올려 보았다. 그러나 아무리 생각해도 그때가 언제였는지 생각나지 않았다. 그래서 김간난은 대충 아무렇게나 말해버렸다.

"동생이 영감탱이를 따라 들어올 때가 제일 미웠지."

"그럼 내가 제일 좋았던 때는 언제였소?"

"썩을 년. 네년이 좋을 때가 한 시라도 있었겠냐?"

"그래도 조금이라도 좋을 때가 있었을 것 아니요."

김간난은 이번 물음에는 어떻게 대답해야 할지 이미 알고 있었다. 그러나 그 말을 차마 입 밖에 낼 수 없다고 생각했다. 김간난이 한참 동안 대답을 않자 이입분이 김간난의 무릎에서 고개를 들고 김간난을 뚫어져라 쳐다보았다. 김간난은 눈을 내리깔았다. 개미 한 마리가 바닥을 바쁘게 기어가고 있었다.

"참말로 좋을 때가 한 번도 없었소? 그랬소?"

이입분이 떼쓰는 아이처럼 김간난의 무릎을 잡고 흔들었다. 김간난이 주름진 양손을 들어 그런 이입분의 머리카락을 자꾸자꾸 귀 뒤로 쓸어넘겼다.

"말해보소. 참말로 한 번도 없었소?"

이입분의 눈매가 젖어들자 김간난은 당황하여 어쩔 줄을 몰랐다.

"언니는 그런 맘이었구만요. 그런 맘으로 나를 대하고 여태까지 살아 왔구만요."

이입분의 눈에서 눈물이 후두둑 떨어졌다. 김간난의 마음이 바빠졌다.

"아닐세, 아니야. 나는……. 나는, 동생이 영감탱이를 따라 들어올 때가 제일 미웠고, 또 그때가 제일 좋았네."

이입분이 김간난의 무릎에 다시 머리를 기대자 김간난의 몸뻬 무릎께가 흠뻑 젖어들었다.

"사람이 늙으면 반 귀신이 된다드만 동생이 그만 그리 되어 버렸네."

"언니, 오늘 밤엔 죽을 수 있을까?"

"오늘 밤이라……. 죽기엔 참말로 좋은 날이구나."


밥통의 버튼이 딸깍 소리를 내자 취사에서 보온으로 빨간 불빛이 이동했다. 가스버너 앞에 앉아 된장찌개를 끓이던 김간난이 수저를 챙기기 위해 일어서자 무릎에서 우두둑 소리가 났다. 김간난은 수저 두 벌을 챙겨 와 행주로 상을 대충 훔치고 상 위에 수저를 가지런히 올려놓았다. 그러고는 상 가운데에 여러 겹으로 두껍게 접은 신문지를 올려놓고 상을 닦던 행주로 된장뚝배기를 감싸 신문지 위로 옮겼다. 불을 떠난 뚝배기는 여전히 김을 피워 올리며 보글보글 끓었다. 김간난은 대충 상을 차려놓고 이입분을 깨우러 방으로 들어갔다.

방안은 무덤 속처럼 고요하고 깊었다. 딸깍 스위치를 올리자 형광등이 몇 차례 깜빡이더니 방안이 이내 환해졌다. 하얗게 바랜 사물들 속에서 가슴에 손을 얹고 천장을 향해 똑바로 누워 있는 이입분의 형상이 또렷이 떠올랐다.

"일어나. 밥 먹어."

평소 잠귀가 밝던 이입분에게서 아무런 기척이 없자 김간난의 가슴이 덜컥 내려앉았다. 후들후들 떨리는 다리로 이입분에게 다가간 김간난이 이입분 곁에 쪼그려 앉았다. 그러고는 집게손가락을 펴 이입분의 코 밑에 대 보았다. 숨결이 느껴졌다. 김간난은 무너지듯 바닥에 주저앉아 잠든 이입분을 세차게 흔들었다.

"일어나. 깨진 독에 물 붓듯이 술을 처먹더니 죽은 듯 자빠졌네. 아이고, 가슴이야. 아, 얼른 안 일어나?"

천천히 눈을 뜬 이입분이 김간난을 말똥히 올려다보았다.

"여기가 어딘 줄은 아는가?"

김간난이 이입분을 매섭게 쏘아보며 묻자 이입분이 피식 웃었다.

"웃음이 나와?"

"또 송장 칠까 봐 식겁했소?"

이입분이 부스스 일어나며 산발한 머리를 가지런히 매만졌다. 김간난이 이입분의 등짝을 세차게 내리쳤다.

"썩을 년. 내 손으로 네년 송장을 치워줄 줄 아느냐?"

"아이고 놀래라. 진짜 죽을 뻔했소."

"그런 말 하지도 말아라 이년아. 네년 죽는 날이 나 죽는 날이다. 얼른 나와 밥이나 처먹어."


김간난이 자신이 먹던 숟가락으로 깨작깨작 손을 놀리는 이입분의 손등을 힘껏 후려쳤다.

"복 달아난다."

"언니도 참. 말로 하면 될 것을 꼭 그렇게 때려야 속이 시원하겠소?"

"푹푹 퍼먹어, 곱게 죽으려면."

김간난이 이입분의 밥 위에 소고기 장조림을 올려놓고 자기 밥 먹는 걸 잘 보라는 듯 크게 한술 떴다. 김간난의 입 속으로 밥숟가락이 들어가는 것을 지켜보던 이입분이 자기도 한술 크게 떠 입안으로 밀어 넣었다. 그러나 몇 번 씹지도 않아 밥알이 목에 걸려 켁켁 기침을 토하고 말았다. 그런 이입분을 못마땅하게 바라보던 김간난이 대접에 물을 따라 이입분에게 내밀었다.

"밥맛없으면 물이라도 말아 먹어."

기침을 하느라 얼굴이 벌게진 이입분이 입을 막고 있던 손을 내밀어 물대접을 받았다. 물을 몇 모금 들이켰는데도 기침이 멈추지 않자 김간난이 앉은걸음으로 이입분의 등 뒤로 다가가 등을 쿵쿵 두들겼다.

"에구, 이러다 정말 사람 잡겠네. 이제 됐소."

기침이 진정되자 이입분이 눈가에 맺힌 눈물을 닦아내며 말했다. 다시 앉은걸음으로 제자리로 돌아온 김간난은 아무 말없이 전보다 더 맹렬한 기세로 숟가락질을 했다. 김간난의 노여움이 고스란히 전해져서 이입분은 미안하고 속이 상했다.

"언니 밥 먹는 게 꼭 그때 같소."

숟가락질이 멈칫했으나 김간난은 이입분을 쳐다보지 않았다.

"나 처음으로 오던 날 말이요. 그때도 이렇게 밥을 먹었다니께요. 언니는 밥을 먹는 게 아니라 꼭 싸움을 하는 것 같았소."

"고리짝 얘기는 꺼내서 뭐해? 얼른 밥이나 먹지."

"미안해서 그래요, 미안해서. 언니한테는 참 못할 짓을 했소, 내가."

"그게 어디 네년 탓이더냐? 시끄럽다."

"그래도 그것이 아닌 것 같소."

"다 먹었으면 치워라. 아무래도 네년이 내 송장을 치워야 할 것 같다."

김간난이 딱 소리가 나게 숟가락을 내려놓았다. 이입분이 검은 눈을 들어 김간난을 바라보았다. 김간난은 이입분의 눈을 피하며 자리에서 일어섰다. 일어서는 김간난의 몸에서 우두둑 우두둑 소리가 났다.

김간난이 쾅 소리를 내며 방문을 닫고 들어가자 혼자 덩그러니 남은 이입분의 눈에서 눈물이 쏟아졌다. 이입분은 상 위에 놓인 숟가락을 들어 된장에 밥을 비볐다. 눈물은 멈출 줄 모르고, 한 술 또 한 술 억지로 밀어 넣는 밥은 짜디짰다.


"언니든 나든 우리 중에 누구 하나라도 어린애를 낳았으면 어찌 되었을까?"

김간난이 끙 소리를 내며 벽 쪽으로 돌아누웠다. 그런 쓸데없는 말은 듣기도 싫다는 투였다. 거기에 아랑곳없이 이입분은 다시 입을 열었다.

"아무래도 영감탱이가 불구였지 싶소. 나야 시집가자마자 청상과부가 되어서 내 몸이 어떤지 알 수 없었지만, 언니까지 그런 걸 보면……. 괜히 언니 마음고생만 시켰소."

김간난이 다시 한 번 끙 소리를 내며 이불을 끌어당겨 머리 위까지 덮어썼다. 이입분은 이불을 빼앗긴 채 똑바로 누워 다시금 말을 이어가기 시작했다.

"영감 욕심에 과부 하나 더 들이는 건 일도 아니었을 텐데 어째 안 그랬는지 모르겠소."

김간난이 덮어썼던 이불을 홱 걷어치우며 벌떡 일어나 앉았다. 이입분을 노려보는 김간난의 눈빛이 어둠 속에서 번뜩였다.

"벼룩이도 낯짝이 있는 법인데, 인간의 탈을 쓰고서야 어찌 그런 짓을 또 하겠느냐?"

김간난의 서슬에 이입분이 움찔했다.

"망할 놈의 영감탱이, 집에 들이지만 않았지 여자가 어디 너하고 나 둘뿐이었겠느냐? 동생이야 호적에도 못 오른 처지라 상관없이 지냈을지 몰라도 나는 평생을 영감탱이를 원수로 대하고 살았다. 여자를 그렇게 숱하게 울려놓고 그 죄를 다 어찌하려고 쯧쯧."

"나도 다 알고 있소. 나라고 왜 상관이 없었겠소. 그래도 제명에 못 죽게 한 건……."

"그만하면 많이 살았다. 염쟁이도 연방 호상이라고 하지 않더냐?"

"그래도 그게 아닌 것 같소."

"늙은 몸이 더 살아봐야 죄밖에 더 짓겠느냐?"

김간난은 퉁명스럽게 쏘아붙이고 이불을 끌어당겨 누워 있는 이입분의 몸을 꼼꼼히 여며주었다. 가만히 누워 김간난의 손길을 받고 있던 이입분이 이불 밖으로 손을 내밀어 슬며시 김간난의 손을 잡았다. 김간난은 말없이 이입분의 손등 위에 잡히지 않은 다른 쪽 손을 얹어놓고 가만가만 쓸어내렸다.

"어쩔꼬, 어쩔꼬. 내가 너를 두고 어찌 눈을 감는단 말이냐, 이쁜아."

이입분이 손을 빼고 일어나 앉았다. 그러고는 김간난의 작은 몸피를 껴안고 김간난의 귓가에 나직이 속삭였다.

"혼자서는 못 가오. 언니 죽는 날이 내가 죽는 날이오. 나는 언니랑 한날한시에 눈을 감을 것이오. 꼭 그럴 것이오."

김간난이 깊은 한숨을 쉬었다. 그리고 무겁게 입을 열었다.

"날이 너무 길다. 내일 아침밥에다가 그걸 다 털어 넣어라."

멀리서 들리던 소쩍새 울음소리가 그쳤다. 창문에 비치는 나무그림자가 떨렸다. 달빛이 구름 속으로 잠겨 들고 방안엔 어둠이 짙게 내려앉았다. 이입분이 김간난을 껴안은 팔에 힘을 주자 김간난이 부르르 몸을 떨었다. 이입분은 김간난의 등을 가만가만 쓸어내리며 김간난의 몸에서 우두둑 우두둑 세월이 빠져나가는 소리가 들리는 것 같다고 생각했다.

이윽고 이입분이 김간난을 껴안았던 팔을 풀며 말했다.

"알았소. 좋은 생각인 것 같소."


어느덧 시간은 여름을 지나 가을로 접어들었다. 빗물에 패여 생긴 웅덩이를 군데군데 안고 있는 오십 번지 마당에도 가을이 왔다. 삐죽삐죽 솟은 잡풀 사이 얕은 웅덩이 위로 파란 하늘이 비쳤다. 빨간 고추잠자리 한 마리가 웅덩이의 수면을 스치듯 날아 마당 한가운데를 가로지르는 빨랫줄 위에 내려앉아 날개를 쉬었다. 원래는 주황색이었을, 이제는 허옇게 빛이 바랜 빨랫줄의 가운데쯤 바지랑대가 쓰러질 듯 쓰러질 듯 위태위태하게 고여 있었다. 청명한 가을바람 한 줄기가 굳게 잠긴 오십 번지 현관문의 자물쇠를 어루만지고 사라졌다.

김간난과 이입분은 오십 번지 서쪽, 유성식의 묘지를 등지고 나란히 앉아 산 아래 신작로를 느릿느릿 기어가는 경운기 한 대를 바라보고 있었다. 유성식의 묘지를 꼭짓점으로 이들의 대형은 완벽한 이등변삼각형을 이루었다.

"날도 참 좋다. 이런 날 죽으면 딱 좋겠네."

누렇게 익은 가을들판을 바라보며 김간난이 나지막이 읊조렸다. 이입분은 막걸리가 든 잔을 벌컥벌컥 소리 나게 들이켜고는 김간난에게 빈 잔을 내밀었다.

"쭉 시원하게 한잔 들이키소. 이것만 다 먹으면 진짜로 죽을 수 있을 것이오."

이입분이 빈 잔 가득 막걸리를 부으며 말했다.

"이번 건 진짜라고 어떻게 믿어? 에이, 우라질 여편네."

"그래도 영감이 제 명에 갔으니 얼마나 다행이오."

김간난이 이입분을 하얗게 흘기고는 손에 든 막걸리를 쭉 들이켰다. 꺼억 길게 트림을 한 김간난이 빈 막걸릿잔을 발치에 내동댕이치며 나무라듯 이입분에게 말했다.

"동생은 그게 문제야. 뭐 하나 똑부러진 게 없이 이래도 흥 저래도 흥, 그저 좋은 게 좋은 거지. 나는 영감탱이가 제 명대로 살다가 스스로 죽었다고 생각하면 분해서 이가 뿌득뿌득 갈리네. 그 우라질 여편네만 아니었으면 이 손으로 영감탱이 목이라도 졸랐을 것인데."

김간난의 입에서 거침없이 튄 침방울이 이입분의 얼굴에 점점이 맺혔는데도 이입분은 닦을 생각도 하지 않고 실실 웃고만 있었다.

"썩을 년, 교태는. 네년이 영감탱이 밥에다가 약 안 섞은 거 내 다 알어."

이입분이 뚝 웃음을 멈춘 채 눈을 동그랗게 떴다.

"걱정할 거 없어. 그래서 내가 두 배로 넣었으니까. 이제 와서 생각하면 다 소용없는 일이었지만."

김간난은 유성식의 묘지 쪽을 흘끔 일별하고는 막걸릿잔을 가득 채워 쭉 들이켰다. 다시 한 번 꺼억 긴 트림을 한 김간난은 이입분의 등짝을 철썩 내리치며 말했다.

"썩을 년, 네년하고 나하고 한날한시에 죽어도 저승에서는 못 만나. 네년은 천당 가고 나는 지옥으로 떨어질 테니."

"언니도 참, 뭐 그런 말이 다 있소?"

"나는 평생을 내 이 손으로 영감탱이 목숨 끊을 욕심 하나로 버텼어. 평생 사람 죽일 생각만 하면서 나쁜 맘으로 살았는데 저승길이 편할 리가 있겠느냐? 너랑 나랑은 질적으로 다르다. 갈 길이 달라."

"이제 와서 왜 그런 소릴 하시오? 나쁜 맘 먹기는 언니나 나나 똑같지 않소. 나는 약만 안 탔다 뿐이지 나쁜 맘 먹기로 언니나 나나 매한가지 아니오."

"아니야, 아니야. 그건 다르다. 암, 다르고 말고."

"싫소, 나는 그런 거 당최 모르오. 그럴 거면 언니는 왜 약을 먹고, 나는 또 왜 그랬대요? 언니랑 나랑 저승에 같이 가지 못할 거면 그동안 그런 부질없는 짓을 왜 한 거래요?"

이입분이 자신의 무릎에 얼굴을 묻었다. 이입분의 들썩이는 어깨를 보자 김간난의 마음이 착잡해지는 한편으로 편안하게 가라앉았다. 김간난은 고개를 들어 머리 위 하늘을 올려다보았다. 하늘은 눈이 시리게 푸르렀고 끝 간 데 없이 멀고 멀었다.

무릎에 얼굴을 묻고 울고 있는 이입분을 곁에 두고 김간난은 막걸리를 자작했다. 올라오는 트림과 욕지기를 참으며 가급적 조용하고 빠르게 잔을 비워냈다. 이입분이 눈치채면 막걸릿잔을 빼앗아 자기가 마실 게 분명했으므로 막걸리를 마시는 김간난의 손길이 매우 조심스러웠다.

주전자가 비어갈수록 김간난의 눈앞이 점점 흐려졌다. 그러다가 종내는 마치 구름 속에 갇힌 듯 세상이 뿌옇게 보였다. 김간난은 흐린 눈을 들어 옆을 바라보았다. 뿌연 시야 속으로 이입분의 형체가 흐릿하게 들어왔다. 김간난은 굼뜬 동작으로 이입분 곁으로 바짝 다가갔다. 그러고는 이입분의 어깨에 머리를 기대며 나직나직 속삭였다.

"미안하다, 이쁜아. 너는 더 살다 오너라. 좋은 서방 만나서 알콩달콩 사는 재미도 느껴가면서 한세상 여한 없이 살다 오너라."

이입분이 무릎에 묻은 머리를 들어 올리려 하자 김간난이 힘겹게 손을 들어 저지했다.

"이렇게 곱고 고운 너인데, 너를 데리고 갈 욕심을 부리다니. 내 욕심이 너무 과해서……, 미안하다. 너는 더 살 거라. 오래오래 살아서 좋은 세상 보고 오너라."

"언니, 그만 하소. 언니 없는 세상이 재밌으면 얼마나 재미가 있겠소? 또 좋으면 얼마나 좋겠소? 제발 그런 말 마소."

"아니다, 아니야. 널랑은 오래오래 행복하게 살아야 한다. 너만은……."

"싫소. 나 혼자서는 아무것도 안 할 거요. 말했잖소. 언니 죽는 날이 나 죽는 날이라고. 죽어도 같이 죽고 살아도 같이 살자고 안 했소.”

“썩을 년. 징글징글하게 말도 안 듣는 년. 평생을, 평생을 그렇게…….”

“췄소? 주정 그만 하소. 재미없소. 이제 그만 내려갑시다.”

“……”

“자요? 여기서 이렇게 잠들면 나보고 어쩌라고 여기서 자고 그런대요? 일어나소. 얼른 일어나소.”

이입분이 몸을 들어 올리자 이입분의 어깨에 기대어 있던 김간난의 머리가 이입분의 품 안으로 뚝 떨어졌다. 동시에 딱 소리를 내며 도토리나무에서 도토리 열매 하나가 떨어졌다. 깊은 정적 속으로 탈탈탈 경운기가 산 아래 신작로를 느릿느릿 기어갔다.


“깼소?”

“어떻게 된 거냐?”

“아이고, 말도 마소. 잠든 사람 둘러업고 오느라 십 년은 감수했소.”

정신이 덜 든 채 산발한 머리를 이고 앉아 있는 김간난을 측은하게 바라보며 이입분이 말했다. 김간난이 숨을 내쉴 때마다 술 냄새가 풀풀 풍겼다. 이입분이 과장된 몸짓으로 코를 싸쥐며 김간난 곁으로 바투 다가앉았다.

"어쩌자고 그 술을 혼자 다 마셨소. 다 마시고 혼자 죽으려고 그랬소?"

이입분의 어조에 섭섭함이 실렸다.

"우라질 여편네, 이번에도 또 가짜 약을 팔았구만. 아이고, 머리야."

김간난이 흩어진 머리를 감싸쥐고 자리에 다시 누우며 내뱉었다.

"일어난 김에 저녁이나 들고 주무시오. 속도 많이 쓰릴 텐데."

"일없다. 하루 세끼 꼬박꼬박 먹는 밥 한 끼쯤 거른다고 대수더냐. 어차피 죽지도 못할 거."

김간난이 이마에 팔을 얹고 눈을 감자 이입분이 조용히 일어섰다. 발소리를 죽여 살금살금 방에서 나온 이입분이 조용히 문을 닫고 참았던 숨을 몰아쉬며 뇌까렸다.

"사는 것도 죽는 것도 참으로 어렵소."

밥통의 버튼이 딸깍 소리를 내자 취사에서 보온으로 빨간 불빛이 이동했다. 하루해는 또 저물고, 밥통에서는 새 밥이 익었다. 이입분은 밥통 앞에 주저앉아 증기배출구에서 모락모락 올라오는 하얀 김을 바라보며 나직하게 중얼거렸다.

"밥통이 좋긴 좋아. 가마솥에 밥하는 거에 대면."

오십 번지 서쪽에는 유성식이 잠들었고 오십 번지 안방에는 김간난이 잠든 척 누워 있으며, 오십 번지 부엌에는 이입분이 앉아서 밥통에서 올라오는 김을 물끄러미 바라보고 있다. 하늘에서 조망한 이들의 대형은 완벽한 이등변삼각형의 형태를 이루고 있다. 다시 한번 말하지만, 이것은 옛날이야기이기도 하고 아니기도 하다.

비밀

벌써 2시간이 다 되어 가는데도 할머니는 도통 입을 열 생각이 없어 보였다. 간식으로 사간 쿠키나 오도독 오도독 깨물어 먹을 뿐, 깨진 장독처럼 우두커니 앉아 있는 나 따위는 신경도 안 쓴다는 눈치였다. 앞에 개별 포장된 쿠키 껍데기가 이미 수북이 쌓였는데도 할머니는 탐욕스럽게 또 다른 쿠키에 손을 뻗었다. 주름진 입술이 얄밉게 꿈틀댔다.

'아, 먹지만 말고 말을 좀 하시라고요.'

답답하고 초조한 마음에 속으로 같은 말을 몇 번씩이나 외쳐댔지만 할머니는 요지부동 먹는 데에만 열중했다. 옆에 있는 다른 할머니들은 울고 웃으며 이야기를 쏟아내느라 쿠키에는 눈길조차 주지 않는데, 이 할머니는 오래 굶은 사람처럼 오로지 먹기만 하고 있었다. 나도 모르게 한숨을 포옥 내쉬자 할머니가 나를 힐끗 쳐다봤다. 그 순간을 놓치지 않고 할머니에게 잽싸게 물었다.

"할머니, 과자 맛있으세요?"

할머니는 자신이 언제 쳐다봤냐는 듯이 새초롬하게 눈을 내리깔고 아직 뜯지 않은 쿠키 봉지를 조몰락거렸다. 나는 할머니 이야기를 듣기 위해 준비한 몇 개의 질문이 적혀 있는 노트를 내려다보았다. 모든 질문이 할머니에게 이미 다 건너갔지만 할머니는 단 한 개의 질문에도 답하지 않았다. 심지어 처음 건넨 인사에조차 아무런 반응을 보이지 않은 터였다. 노트와 할머니를 번갈아 보는데 문득 이런 생각이 들었다.

'벙어리인가?'

그렇게 생각하고 봐서 그런지 정말 할머니가 말을 못하는 사람처럼 보였다. 말 못하는 사람의 특징이 겉으로 드러나는 것은 아니지만 나는 그냥 그렇다고 믿고 싶었다. 어쩌면 듣지 못하는 것일 수도 있었다. 노인이니까 그런 일은 얼마든지 있을 수 있다.

"할머니."

조금 큰 목소리로 할머니를 불렀다. 할머니는 여전히 눈을 내리깐 채 여태 조몰락거리던 쿠키 봉지를 뜯었다. 그러고는 안에 든 쿠키를 꺼내 오도독 깨물었다. 나는 몇 차례 더 불러보았다.

“할머니. 할머니? 할머니이.”

역시 아무 반응이 없었다. 나는 확신했다. 무릎 위에 펼쳐놓은 노트에 ‘할머니가 듣지 못해 이야기를 나눌 수 없었음.’이라 적고 탁 소리 나게 노트를 덮었다. 그러고는 옆에 놓인 가방에 노트를 집어넣었다.

“왜, 갈라고?”

나는 깜짝 놀라 할머니를 쳐다보았다. 방금 전에 말을 한 사람이 자신이 아니라는 듯 입을 꼭 다문 할머니가 나를 빤히 바라보고 있었다. 나는 당황해서 할머니에게 되물었다.

“네?”

할머니는 아무 말없이 쿠키 상자에서 쿠키 하나를 집어 나에게 내밀었다. 내가 받지 않자 어서 받으라고 재촉하는 듯 손을 아래위로 두어 번 흔들었다. 나는 주저하며 손을 내밀어 그것을 받았다. 할머니는 다시 눈을 내리깔고 빈 쿠키상자에 껍데기를 모아 담고는 마른 손으로 방바닥을 훔쳐 쿠키 부스러기를 그 위에 털었다.

“다음에 올 때는 카스테라 같은 걸 사와. 아니면 사탕이나 한 봉지 사오던지. 아, 쬬꼬레또도 괜찮겠네. 안에 아무것도 안 든 걸로.”

할머니는 내 대답 따위는 들을 필요도 없다는 듯 끙 소리를 내며 일어서더니 껍데기가 가득 든 쿠키상자를 들고 밖으로 나갔다. 상황 파악을 하지 못하고 할머니의 뒷모습을 멍청하게 눈으로만 좇고 있던 나는 후다닥 일어서서 할머니를 뒤따라 나갔다. 그러나 할머니의 모습은 보이지 않았다.


"괜찮아. 처음엔 나도 그랬어."

"맞아. 너무 신경 쓰지 마. 난 심지어 처음 만난 할머니한테 다짜고짜 욕먹고 펑펑 울기까지 했다니까. 가끔씩 심하게 괴팍한 할머니들이 있어. 네 잘못 아니야."

"우리가 할머니들 이야기 채록하려고 이 일 시작한 거 아니잖아. 중요한 건 할머니들 이야기를 듣는 그 자체라고. 어떨 때는 침묵도 말이야. 너는 오늘 그걸 배운 거고. 좋은 공부 한 셈 쳐."

평가회의 후에 함께 간 동료들이 여러 말로 위로했지만 울적한 마음은 영 가시지 않았다. 그쯤은 나도 다 알았다. 처음부터 쉽게 말을 꺼내지 않으리란 것도 이미 각오하고 간 터였다. 그러나 머릿속에만 그리던 일이 실제로 일어나자 상처가 예상보다 훨씬 컸다. 더구나 나는 이 일의 기획자였다. ㄱ부터 ㅎ까지 나는 모든 것을 고려하고 숙지했다. 이 일을 진행하면서 발생할 변수와 그에 대한 대처까지도 다 생각하고 있었다. 워낙에 처리할 행정상의 업무가 많기도 했지만, 동료들보다 현장에 늦게 들어간 것도 기획자로서의 자신감이 한몫했던 거였다. 그런데 현장에 들어간 첫날부터 보기 좋게 망신만 당했다. 그리고 동료들로부터 경험을 내세운 되도 않는 충고를 듣게 된 것인데, 그들의 입을 통해 나온 말들은 이미 내 머릿속에 다 있는 말들이어서 위로가 되기는커녕 오히려 짜증만 났다.

"젠장, 이상과 현실은 왜 이리 다르냐?"

누가 들으라고 한 말은 아니었는데, 생각보다 큰 소리가 나와 조금 민망하였다.

"이상과 현실이 같으면 벌써 좋은 세상이 왔지. 그러면 얼마나 좋겠어. 우리가 이렇게 좋은 마을 만들겠다고 고생 안 해도 되고."

"그건 모르는 일이지. 각자 이상이 다 다르니까 말이야. 결국은 이상끼리 충돌할 수밖에 없다는 얘긴데, 그 충돌의 한가운데에서 좌표를 찾아야 하는 거, 그게 바로 우리가 처한 현실 아니겠어?"

"아, 그렇게 거창한 건 잘 모르겠고, 난 그저 공동체적 삶을 복원해보겠다는 나의 이상을 지원금이라는 형태로 정부에서 지원한다는 현실만이 중요해. 누이 좋고 매부 좋잖아? 이상과 현실은 그런 거지, 복잡하게 생각할 거 뭐 있어."

내가 한마디 하면 열 마디를 하려 드는 동료들이 오늘따라 유난히 신경에 거슬렸다. 판은 내가 다 벌여놨는데, 뒤늦게 결합해서는 그 판의 주인 행세를 하려 드는 것도 보기 싫었다. 게다가 자기들이 무슨 대단한 경험이나 한 것처럼 떠들어대는 꼴이라니! 나는 대충 책상을 정리한 뒤 가방을 메고 밖으로 나왔다. 오늘 기분도 그럴 텐데 술이나 한잔하고 가자는 동료들에게 몸이 좋지 않다는 핑계를 댔다. 그들은 분명 저희들끼리 한잔하면서 내 험담을 늘어놓을 것이다. 아무려나, 실컷 그러라지!

주머니에 손을 넣자 무언가가 손에 잡혔다. 꺼내보니 아까 할머니가 준 쿠키였다. 부아가 치밀어 도로 주머니에 넣으려다 배가 좀 고픈 것도 같아서 봉지를 뜯었다. 쿠키를 꺼내 앞니로 깨물었다. 오도독 소리가 나는 그것은 무척 딱딱했다. 나는 혼잣말로 중얼거렸다.

"젠장, 오늘은 재수도 우라지게 없네."


일주일 뒤 다시 경로당을 찾았을 때, 나는 롤케이크를 손에 들고 있었다. 이번에는 할머니가 먼저 말을 꺼내기 전에는 절대 한마디도 하지 않겠다고 결심했다. 이번에도 할머니가 롤케이크만 홀랑 먹고 아무 얘기를 하지 않는다 해도 나는 절대로 입술조차 달싹이지 않을 심산이었다. 침묵이 말이라면, 할머니의 침묵뿐 아니라 나의 침묵도 말인 것이다. 나는 어금니를 꽉 깨물고 눈으로 할머니를 찾았다.

오래 찾을 것도 없이 할머니는 전에 앉았던 자리에 그대로 앉아 있었다. 우리 일행이 경로당에 들어서자 몇몇 할머니들이 친손주가 찾아오기라도 한 것처럼 달려나와 일행의 손을 붙잡고 등을 쓸어주며 쪼그라든 입으로 각자 부산하게 인사치레를 했다. 그 와중에도 내가 담당한 할머니는 망부석처럼 그 자리에 그대로 앉아 있었다. 우리 일행과 할머니들이 각자 짝을 찾아 자리를 잡은 후, 나는 내 짝을 찾아 그 앞에 앉았다. 그러고는 가져간 롤케이크 상자를 할머니 앞에 내려놓았다. 할머니는 종이봉투에서 케이크 상자를 꺼내 이리저리 살펴보더니 그것을 다시 내 앞으로 밀어놓았다.

'아, 또 뭐가 맘에 안 든다는 거야.'

내 눈썹이 꿈틀거리는 게 느껴졌다. 할머니를 바라보는 눈이 고울 리가 없었다. 할머니가 나를 마주 보았다. 할머니의 눈초리 역시 곱지 않았다. 기 싸움하는 맹수처럼 서로를 노려보는 몇 초가 길게만 느껴졌다. 이윽고 할머니가 먼저 입을 열었다.

"고얀 것. 너는 어른한테 인사도 안 하냐?"

나는 표정을 풀지 않고 고개만 까딱여 건성으로 인사했다. 그러고는 끝이었다. 다시 말없이 서로를 쳐다보기만 하는 상황이 이어졌다. 그렇게 또 한참이 지났다. 옆의 할머니들은 그렇게 이야기를 쏟아내고도 무슨 할 얘기가 그리 많이 남았는지 벌써부터 이야기에 흥이 오른 눈치였다. 대체 무슨 이야기를 하나 싶어 살짝 엿들었다.

"웬수, 그래도 같이 살 붙이고 산 영감쟁이라고 죽으니까 허전한 거야. 평생 잔소리 듣는 게 일이어서 저 잔소리 안 들으면 살겠다 했는데, 영감 죽고 잔소리할 사람이 없으니까 딱 죽겠더라고. 이것도 버릇이 됐는가, 버릇치고는 참말로 고약하기도 하지."

역시 그렇고 그런 얘기였다. 당사자들에게는 굽이굽이 눈물 어린 나날이고, 고생고생 생고생으로 일관된 더러운 팔자이고, 누구도 겪어보지 못했을 기구한 운명을 타고난 인생이지만, 그래서 자신의 살아 온 날들을 소설책으로 쓰면 대하소설감이지만 그 인생 이야기들을 다 모아놓고 보면 대개 다 거기서 거기다. 고생의 종류는 달라도 무게는 거의 비슷비슷하다. 남편 잘 만나면 시부모가 못돼 처먹었고, 시부모 잘 만나면 자식들이 사업으로 한 재산 말아먹는다. 또 자식이 번듯하면 남편이 개차반인 경우가 부지기수다. 간혹 이들 모두가 삼위일체가 되어 고통의 트라이앵글을 이룬다 해도 이들 모두가 주는 고통의 쓰나미를 상쇄해줄 삶의 기쁨이 간혹 찾아오기도 하는 것이다. 반대로 편히 산 사람들은 또 그들 나름대로 고통의 잔편치를 꾸준히 맞으면서 견딘다.

"뭐 하고 앉았어? 이걸 뜯어줘야 먹을 거 아녀? 저짝에 접시 있으니께 갖고 와서 이쁘게 잘 잘라봐. 냉장고에 사이다 있으니께 그것도 갖고 오고.”

멍하게 생각에 빠져 있는 내 무릎을 툭툭 건드리며 할머니가 핀잔을 주었다. 하라는 얘기는 안 하고 심부름만 시키는 할머니가 얄미웠지만, 한편으론 이거라도 시켜서 다행이라는 생각이 들었다. 나는 굼뜨게 일어서서 주방으로 가 접시 한 개와 사이다 한 캔을 들고 왔다. 할머니 앞에 그것들을 내려놓고 롤케이크 포장을 뜯으려는데 할머니가 내 손등을 찰싹 쳤다.

“아, 한 개씩만 갖고 오면 워쪄. 여기 입이 몇인디. 가서 몇 개 더 갖고 와. 싱크대 옆에 쟁반 있으니께 받쳐가지고.”

포옥 한숨이 나왔다. 대체 이 할머니가 나한테 왜 이러나 싶어 짜증이 났다.

‘친손주들한테는 이런 거 절대 안 시킬 거면서 남이라고 이렇게 막 대하나?’

나는 속으로 구시렁거리면서 다시 주방으로 가 접시 몇 개와 사이다 캔 몇 개를 쟁반에 받쳐 가져왔다.

내가 롤케이크를 고른 간격으로 자르자 할머니가 그것을 하나씩 접시에 올려놓으며 말했다.

“솜씨가 참하긴 하네.”

칭찬을 듣고 으쓱해 할 사이도 없이 할머니가 시키는 대로 케이크 접시와 사이다 캔을 옆의 할머니들께 돌렸다.

“우리도 있는데 뭘 노나주고 그랴.”

케이크와 사이다를 받아든 할머니들은 얼굴 가득 웃음을 띠면서 답례로 사탕이며 초콜릿 등속을 한주먹씩 쟁반 위에 놓아주었다. 배달을 마치고 돌아와 앉으며 사탕과 초콜릿이 수북이 쌓인 쟁반을 할머니 앞으로 밀어놓았다. 할머니는 쟁반을 잠시 내려다보더니 사탕과 초콜릿을 한 주먹 집어 자신의 주머니에 넣으며 말했다.

"사람 마음 얻는 게 어디 그리 쉬운 일인 줄 알어?"

참으로 뜬금없는 말이라고 생각되었다. 멍청한 내 눈빛을 읽었는지 할머니가 혀를 쯧쯧 찼다.

"이 중에는 사이다 못 먹는 할망구도 있어."

여전히 할머니의 말뜻이 이해되지 않았다.

"이렇게까지 얘기했는디도 못 알아들으면 할 수 없고. 빵은 고마운디, 오늘도 샥시가 듣고 싶은 얘기는 안 할 참이니께 다음에 다시 와."

할머니가 접시에 놓인 케이크 한 귀퉁이를 떼어 입에 넣고는 한참을 오물오물했다. 그러고는 다시 한 귀퉁이를 떼어 입에 넣고 오물오물 했다. 나는 사이다 캔을 따서 할머니에게 건넸다. 할머니가 그것을 받아서 조금 마셨다. 그리고 우리가 만난 후 처음으로 웃었다. 보일 듯 말 듯 아주 희미한 웃음이었다. 나는 내 처지가 한심해서 눈물이 나오려고 했다.

일주일 내내 할머니가 내준 숙제를 붙들고 씨름을 했다. "사람 마음 얻는 게 어디 그리 쉬운 일인 줄 알어?"와 "이 중에는 사이다 못 먹는 할망구도 있어."라는 말이 머릿속을 뱅뱅 돌고 귓가를 쟁쟁 울렸다. 할머니가 아무 뜻 없이 그냥 한 말은 아닐 터였다. 분명 할머니는 이렇게까지 얘기했는데도 못 알아들으면 할 수 없다고 했다. 그렇다면 할머니가 한 이 말뜻을 알아들으면 할머니의 마음을 얻을 수 있다는 것인데……. 아무리 생각하고 또 생각해도 오리무중이었다. 엉킨 실타래가 머릿속에 한가득 들어 있는 것만 같았다. 실타래의 한쪽 끝을 곧 찾을 수 있을 것 같아 생각의 길을 더듬어 깊숙이 들어가면 그것은 어느새 더욱 엉켜들고 말았다.

"웬 사탕하고 초콜릿이 이렇게 많아?"

자리에 앉아 머리를 쥐어뜯고 있는 내게 동료가 물었다. 나도 모르는 새에 책상 위에 잔뜩 쌓인 초콜릿을 하나씩 까먹고 있었나 보았다. 껍질이 수북했다.

"할머니가 주셨어."

"뭐? 그 이상한 할머니?"

"고약한 할머니지. 와보니까 가방 안에 잔뜩 들어 있더라고. 나한테 이것저것 심부름시키더니 내가 정신없을 때 내 가방에 쏟아부었나 봐. 내가 옆 할머니들한테 케이크 돌릴 때 주신 것들이야. 쟁반에 쌓여 있던 거. 이거 다 꺼내느라고 가방을 홀딱 뒤집었다니까. 우리는 아무래도 악연인 것 같아."

"그래도 할머니들한테 사탕하고 초콜릿 이렇게 많이 받은 사람은 너밖에 없어. 그 할머니 너 엄청 사랑하나 봐. 그래서 좋아하는 사람한테 일부러 못되게 구는 초딩이처럼 그러시는 거 아냐?"

"야, 끔찍하다, 끔찍해."

말은 그렇게 했지만 동료의 말에 솔깃했다. 나는 기분이 좋아져서 내 책상 위에 쌓인 사탕과 초콜릿을 동료들에게 골고루 나눠주었다. 사탕을 받아든 동료들은 한결같이 고맙다며 함박 웃었다. 그 중에는 결혼을 앞두고 다이어트에 돌입한 동료도 있었다. 그 친구는 사탕을 받자마자 그 자리에서 한 알 까서 입에 넣었다.

"너 당 떨어졌냐? 다이어트 한다며."

농담 삼아 꾸짖는 말을 듣고도 그 애는 바보처럼 웃었다.


"사는 게 다 거기서 거기지 나라고 뭐 특별한 게 있겠어? 별로 할말도 읎어."

오늘은 꼭 이야기를 해줄 것 같아서 있는 아양 없는 아양 다 떨고 시키는 심부름도 군소리 없이 다 했는데 할머니는 또다시 의뭉스럽게 굴었다.

"할머니, 그럼 어제 보신 연속극 얘기나 해요. 할머니는 연속극 뭐 보세요? 저는 요즘 드라마는 다 재미있던데, 할머니는 뭐가 제일 재미있어요?"

나도 내가 왜 이런 얘기를 했는지 모르겠다. 이건 매뉴얼에 없는 얘기였다. 나도 모르게 뱉어놓고 속으로 막 후회하고 있는데, 할머니가 빨대 꽂힌 두유를 쭉 빨아 드시더니 단호한 목소리로 말했다.

"나는 연속극 안 봐. 나는 뉴스만 봐."

풋, 웃음이 나오려고 했지만 그러면 할머니 기분이 나빠져서 다음에 다시 오라고 할까 봐 꾹 참았다. 나는 진지한 표정을 꾸미고 할머니에게 물었다.

"에이, 뉴스를 보신다고요? 할머니가요?"

"왜, 난 뉴스 좀 보면 안 되냐?"

"그런 건 아니지만, 그래도 뉴스만 본다는 건 뻥이 좀 심하신 것 같은데."

"뻥 아녀. 나는 하루 죙일 뉴스만 봐."

"왜요? 원래 할머니들은 연속극 좋아하시잖아요. 그런데 왜 할머니는 뉴스만 보세요?"

"재미나."

"뭐가 그렇게 재미나세요?"

"아, 뉴스가 꼭 연속극 같다니께. 연속극보다 훨씬 재미나."

"아, 그러니까 뭐가 그렇게 재미나시냐고요."

"아, 그걸 워뜿게 말로 혀!"

할머니가 버럭 역정을 내시는 바람에 나는 자라처럼 목이 쏙 움츠러들었다. 이제 좀 화기애애해지려나 했는데 다 틀렸다. 나는 낙담한 표정을 숨기지 않고 할머니에게 투덜거렸다.

"왜 소리를 지르고 그러세요. 간 떨어질 뻔했잖아요."

"샥시는 그게 문제여. 생각이 너무 많어. 노인네를 이겨먹으려고나 들고. 늙은이들이 비슷비슷하게 생겼다고 다들 그저 그렇게 사는 것 같지? 늙은이들은 처음부터 늙은이로 태어나서 늙은이로 사는 사람 같고. 쯧쯧, 이 세상에 원래 그런 게 워디 있다고. 오늘은 이걸로 끝이니께 다음에 다시 와. 갈 때 이거나 버리고."

할머니가 빨대가 꽂혀 있는 빈 두유 팩을 내밀며 선언했다. 나는 할머니가 내미는 빈 두유 팩을 받으며 다시 조그맣게 투덜거렸다.

"치, 아까는 사는 게 다 거기서 거기라면서. 할머니야말로 한 번도 져주지 않으시면서!"

내가 그러거나 말거나 아무 상관없다는 듯, 할머니는 스웨터 주머니에서 검은 비닐봉지를 꺼내 내밀며 작은 소리로 내게 속삭이듯 말했다.

"홀랑 네 것만 버리지 말고, 나가면서 여기 있는 쓰레기 싹 걷어가지고 가."

이 할머니가 대체! 나는 어처구니가 없었지만 할머니가 시키는 대로 했다. 왠지 그래야 할 것 같아서 그렇게 하긴 했지만 심사가 뒤틀렸다.

'고약한 할망구 같으니라고.'

나는 비닐봉투를 들고 쓰레기를 걷고 있는 내 모습을 눈으로 좇고 있는 할머니와 간혹 눈이 맞으면 환하게 웃어주며 속으로 내내 욕을 했다. 참으로 소심한 복수였다.


다음주면 우리의 일정이 마무리된다. 나는 여전히 할머니에게 할머니 이야기를 한마디도 듣지 못했다. 이대로 실패하는 건가? 이 프로젝트의 기획자로서 자괴감이 밀려왔다.

"원래 어려운 할머니였어. 우리 중 누구도 그 할머니한테 이야기를 끌어내지 못했잖아. 네가 못했다면 아무도 못하는 거야."

"그 할머니한테만 3주야. 꼬박 3주씩이나 매달렸다고. 이럴 수는 없어."

"사는 게 뜻대로 되는 건 아니잖아. 할머니들이 우리에게 주신 공통된 교훈이 바로 그거라고."

"기획이 잘못된 건 아닐까?"

"아니, 기획은 훌륭했어. 우리 모두 대만족이야."

"그 할머니는 아니잖아."

"어차피 우리가 하려던 일은 할머니들 말벗 해주는 단순한 거였어. 결과물을 내려다 보니 할머니들 이야기를 모으게 된 거지 본질은 그게 아니잖아. 그 할머니한테도 충분히 위로가 되었을 거야."

"정말 그럴까?"

"분명코."

그렇다. 내가 이토록 헤매는 것은 어쩌면 본질에서 벗어났기 때문인지도 모른다. 기획자로서 다 안다고 생각했던 것들을 정작은 하나도 모르고 있었던 건지도. 모두가 이해한 것을 나만 이해하지 못하고 있는 건지도 모르겠다. 그렇다면 내가 동료들과 다른 것은 무엇일까? 그들과 내가 다르게 생각하고 있는 것은.


마지막 날이라고 경로당 할머니들이 직접 밥을 지어주셨다.

"이렇게까지 안 하셔도 되는데……"

"늙은이들 솜씨라 입맛에 맞는 게 있을지 모르겠어. 그래도 우리 마음이니까 맛있게들 먹어."

"아유, 잔칫상이네요. 뭘 이렇게 많이 차리셨어요. 다 맛있겠어서 뭘 먼저 먹어야 할지 모르겠어요."

"일단 국부터 한 숟갈 떠. 목 막히지 않게."

할머니들은 우리가 밥을 먹는 동안 옆에서 이것저것 챙겨

주셨다. 생선살을 발라 밥 위에 놓아주는가 하면, 어떤 할머니는 당신의 짝 앞에 갈비찜을 슬쩍 밀어놓기도 했다. 어린 손주들 입에 밥숟가락 들어가는 것을 바라보듯 다들 흐뭇한 표정이었다.

밥을 다 먹고 할머니들이 말리는데도 굳이 우리들이 설거지를 했다. 그리고 다 함께 경로당 청소를 했다. 진작 이렇게 할 걸 왜 마지막 날이 되어서야 이런 생각이 났을까, 소곤소곤 후회도 했다.

모든 일정을 마치고 내가 대표로 감사의 인사를 했다. 그러고 나서 각자의 짝과 인사하는 시간을 가졌다. 서로 얼싸안고 인사를 나누는 중에 눈물짓는 할머니들도 있었다. 나도 내 짝에게 마지막 인사를 건네려고 할머니에게 다가갔다. 그동안 고마웠다고, 건강하시라고 했더니 할머니는 섭섭한 기색도 없이 툭 내뱉었다.

"마음에도 읈는 소리 말어."

순간 눈물이 툭 터졌다. 끝까지 마음을 안 주는 할머니가 야속하기도 했지만, 미운 정도 정이라고 그새 정이 들었는지 할머니와 헤어지는 마음이 무척 섭섭했다.

"마음에도 없는 소리 아니에요. 할머니는 제 마음을 왜 그렇게 모르세요."

눈물을 찍어내며 볼멘소리를 했다.

"안 죽으면 또 만나면 되지 뭘 질질 짜고 그랴."

할머니가 어깨에 메고 있던 내 가방을 낚아채 그 속에 무엇인가를 집어넣었다.

"나중에 봐. 쑥스러우니께."

처음 보는 표정이었다.

'아, 할머니에게도 이런 표정이 있었구나.'

나는 진심으로 감탄했다.

승합차에 올라 경로당을 떠났다. 서서히 움직이는 차를 몇몇 할머니들이 손을 흔들며 뒤따라왔다. 우리는 창밖으로 고개를 내밀고 할머니들에게 연신 손을 흔들었다. 모퉁이를 돌 때까지 차는 서서히 움직였다. 우리의 차가 멀어지는 동안 돌아서는 할머니는 아무도 없었다. 그리고 나는 보았다. 할머니들의 맨 뒤쪽에서 손을 반쯤만 올리고 보일 듯 말 듯 흔들고 있는 내 짝꿍을.


가방에서 나온 것은 사탕들이었다. 덕분에 가방을 또 뒤집어야 했다.

"아, 할머니. 봉지에 넣어서 주시지 좀."

옆자리의 동료가 보고 있다가 키득거리며 한마디 했다.

"그 할머니 참 대단하시네. 끝까지 너를 골탕먹이고. 우리 까칠공주를 완전 갖고 노시네, 갖고 노셔."

그리고 두 번 접은 편지봉투가 하나 나왔다. 혹시 돈을 넣어 두신 게 아닐까 하여 난감했다. 책상 위에 두고 한참을 노려보다가 돈이라면 돌려 드릴 심산으로 봉투를 열어보았다. 다행히 돈은 아니었다. 그 속에서 나온 것은 초등학생용 유선 노트를 찢어 쓴 편지였다.

잘 갓는가? 나여. 김말순.

본이 아니게 나매 집 귀한 딸을 게르펴서 미안하니. 나를 이상한 할마씨라고 생각 안했을라나? 그래도 할 수 업지.

나는 배운 것도 업고, 내 코 아패 닥친 것만 생각하느니고 아둥바둥 살엇어. 독하다는 소리 들어가매 그러케 살엇어. 내 나이가 올해 86인데 아무것도 남은 개 업니. 남편 죽고 아들 둘 잇는 거도 다 죽엇어.

그동안은 마미 너무 아퍼서 아무말도 못했는대 다른 할망구들 애기하는 거 보니가 부럽기도 하고 나도 말을 하면 마미 편해질가 생각도 들고 그래서 애기를 할라고 했는대 벌서 시간이 그러케 된 거여. 안할라고 해서 그런 거는 아니니가 너무 서운해 말길 바란다.

내가 성질이 고약해서 색시가 고생 만앗어. 고맙어.

그동안 모은 할머니들의 이야기를 묶어 자료집을 만들기로 했다. 여태껏 사람의 한평생이란 모아놓고 보면 다 고만고만한 것이라고 생각해 왔는데, 막상 모아놓고 보니 그렇지 않았다. 각각의 이야기들은 사람의 생김새만큼이나 모두 달랐다. 세월이 새겨 놓은 주름살의 무늬, 그들의 이야기에는 자세히 들여다보지 않으면 영영 알 수 없는 그들만의 비밀이 새겨져 있었다. 나의 동료들이 자신의 파트너 할머니들의 이야기에 왜 그렇게 집착했는지 조금은 알 것 같았다. 반대로 할머니의 이야기를 끄집어내지 못한 내 조급함에 대해 왜 그렇게 관대했던 건지도 아주 조금은 알 것 같았다.

그동안 찍어놓은 할머니들의 사진을 하나하나 자세히 들여다보았다. 울고 웃는 할머니들의 얼굴. 내 것이 아니라고 저만치 밀쳐냈던 그들의 삶이 조금씩 조금씩 내 안으로 스며들었다.

내 파트너 할머니의 사진이 나왔다. 할머니는 조금 화가 난 듯 입을 꾹 다물고 카메라 렌즈를 노려보고 있었다. 나는 사진 속의 할머니를 마주보았다. 할머니가 침묵으로 하려 했던 말이 무엇인지 너무나 궁금했다. 그렇게 사진으로라도 마주앉아서 오래도록 할머니를 들여다보고 있으면 할머니의 마음을 읽을 수 있을 것도 같았다. 한참을 그러고 있는데, 문득 예전에 할머니가 했던 말이 떠올랐다.

"이 중에는 사이다 못 먹는 할망구도 있어."

순간 엉킨 실타래의 한끝이 불쑥 튀어 올랐다.

‘그런 거였군요, 할머니.’

그제서야 내가 무엇을 잘못했는지 깨달아졌다. 나는 ‘할머니’란 이름 뒤에 숨겨진 ‘김말순 씨’를 여태 못 알아봤던 거였다. 나는 곧바로 휴대전화를 꺼내 할머니에게 전화를 걸었다.


경로당 앞에 할머니 한 분이 나와 계셨다. 차를 세우고 튕기듯 차에서 나와 할머니를 부르며 달려갔다.

“김말순 씨!”

할머니가 두 손을 내밀며 마주 걸어왔다. 나는 방학을 맞아 오랜만에 할머니를 찾아 온 어리광쟁이 손녀처럼 할머니 품으로 와락 달려들었다. 할머니는 어정쩡하게 나를 안고 있던 팔을 풀어내며 곱게 눈을 흘겼다.

“싸가지 없는 건 여전하네. 아, 내가 김말순 씨라고 하지 말랬잖아.”

“왜요, 김말순 씨를 김말순 씨라고도 못 부르나? 내가 홍길동도 아닌데?”

“홍길동이가 아버지를 아버지라고 못 부른 거지, 아버지를 홍 아무개라고 못 부른 거냐?”

“에구, 우리 할머니 말발을 누가 당할까. 그런 분이 답답해서 여태 어떻게 참으셨나 몰라. 엄청 말이 하고 싶으셨을 텐데.”

"쓸 데 없다. 얼른 보따리나 풀어놔 봐."

나는 할머니와 함께 차로 가서 트렁크를 활짝 열며 소리쳤다.

"짜잔, 사이다. 그것도 한 박스!"

할머니는 트렁크에 실려 있는 사이다 박스를 물끄러미 내려다보았다. 그리고 혼잣말하듯 중얼거렸다.

"이건 내나 좋아하지……."

나는 실실 웃음을 흘리며 뒷좌석 문을 열었다.

"그럴 줄 알고 두유랑 카스테라도 사왔지요. 여기 초콜릿하고 사탕도 있고. 이만하면 뇌물치고 훌륭하죠?"

"영 맹탕은 아닐세. 애써 가르친 보람이 있구먼."


경로당에 먹을거리를 부려놓고 함께 간 할머니의 집은 단출하고 정갈했다. 마당 한 귀퉁이에 일궈놓은 텃밭에는 푸성귀들이 가득했다. 방금 전에 물을 준 듯 잎사귀에 물방울을 머금은 그것들은 푸른빛으로 반짝였다. 그리고 그 옆에는 작은 화단도 있었다. 올망졸망 매달린 꽃송이들을 손으로 건드리자 그 안에 깃든 햇살이 한꺼번에 화르르 날아오르는 것 같았다. 나는 그것이 너무 좋아서 몇 번이고 꽃송이를 건드렸다. 재미나고 신기한 것을 처음 본 어린아이처럼 까르르 웃음이 터졌다. 툇마루를 걸레로 훔쳐내던 할머니가 내 하는 양을 보고 핀잔을 주었다.

"괜히 애먼 벌레들 놀래키지 말고 이리 와서 앉어."

그날 나는 할머니의 집 이곳저곳을 들락거리며 할머니와 오래 놀았다. 그리고 나란히 베개를 베고 누운 늦은 밤, 드디어 할머니의 이야기가 시작되었다.
"내 이름은 김말순이여. 딸 많은 집 여섯째로 태어났어. 그래서 내 이름이 김말순이여…….."

그럴 리가 없습니다

바람이 부는군요. 그날 이후 바람에서 짠맛이 느껴져 바람이 불 때마다 울컥울컥 욕지기가 입니다. 침을 아무리 뱉어 봐도 목구멍 저 안쪽에 도사린 짠맛은 사라지지 않습니다. 피가 뭉쳐 있는 듯, 거대한 짠맛의 덩어리가 목구멍을 꽉 막아서 나는 어쩔 수 없이 또 시간을 멈춥니다.

어떻게 흐르는 시간을 멈추게 할 수 있느냐고요? 우주의 이치가 필연이라고 말하지 마세요. 시간은 흐르는 것이 아닙니다. 그렇다고 모든 사건이 우연히 일어나는 것은 아니어서 폭풍처럼 몰아치는 시간의 흐름에 마음을 가눌 수 없을 때도 있습니다. 나는 변했지만 변하지 않았습니다. 또한 나는, 변하지 않았지만 변했습니다. 그리하여 이제는 내가 나인지도 모르겠습니다.

다시 바람이 불고 또 한바탕 욕지기가 일어납니다. 그날 이후 감정이 거대한 회오리에 휩쓸리더니 모든 맛이 수렴되어 오직 짠맛 하나가 남았습니다. 그리고 시간이, 불연속적인 궤적을 그리며 지나갑니다.

어렸을 때, 개를 한 마리 키웠습니다. 머리부터 발끝까지 하얀색으로 뒤덮인, 아주 잘생긴 개였지요. 내가 손 내밀어 머리를 쓰다듬으면 귀를 한껏 뒤로 제끼고 맹렬히 꼬리를 흔들었어요. 그러면서 '멍멍' 낮은 소리로 짖었는데, 그건 마치 "난 네 거야."라고 하는 말 같았어요. 나는 그 개를 무척 사랑했습니다. 내가 부를 때마다 꼬리를 치며 달려와서가 아니라, 그냥 그 개가 거기에 있어서 좋았습니다. 부르면 달려와 부드러운 혀로 내 손과 뺨과 무릎을 핥을 때도 좋았지만, 내가 몹시 화가 난 어느 날 멋모르고 달려들다 한 대 걷어차이고 토라진 후 아무리 불러도 대답해주지 않을 때도 좋았습니다. 화가 난 나를, 엄한 곳에 부당하게 화풀이를 하고 만 나를 조용히 나무라는 그 개가 나는 좋았습니다. 그럴 때면 나도 토라진 척하다가 그 개의 잔등을 가만가만 쓰다듬어 주었지요. '미안하다 개야. 정말 미안해.' 리듬을 타는 내 손길에서 그 개는 내 감정을 읽은 듯했습니다. 오래지 않아 앞다리에 묻었던 얼굴을 들어 자신의 잔등을 쓸고 있는 내 손등을 아프지 않게 콕 깨물고는 다시 장난을 걸어왔으니까요. 그렇게 나는 그 개와 1년 하고도 두 계절을 더 났습니다.

　그러던 어느 날, 어머니가 방에 들어가서 나오지 말라고 했습니다. 절대로 밖을 내다보지 말라고도. 나는 방에 들어갔지만 밖이 궁금했습니다. 그래서 밖을 내다보기 위해 방문 창호지 사이에 끼워둔 유리에 눈을 들이댔습니다. 그 유리로 밖을 내다보면 동네가 한눈에 보였습니다. 저 멀리에서 술에 취해 비틀비틀 걸어오는 아버지도 보였고, 남의 집 일을 해주고 한껏 지쳐서 터벅터벅 걸어오는 어머니도 보였습니다. 빚을 받으러 오는 빚쟁이나 끼니를 얻으러 오는 거지 같은 반갑지 않은 손님이 오는 것도 보였고, 부추장떡이 담긴 바구니나 커다란 늙은 호박을 들고 오는 반가운 이웃도 보였습니다. 비가 오고, 눈이 오고, 나비가 날고, 꽃잎이 간들간들 흔들리는 것도 보였지요. 밤에 마루 밑에 웅크리고 있던 개가 뛰쳐나와 미친 듯이 짖어댈 때 그 유리로 밖을 내다보면 아무것도 보이지 않았습니다. 유령의 옷을 두른 듯 깊고 단단한 어둠이 유리 저 너머에서 나를 노려보고 있었습니다. 그럴 때면 나는 검은 옷을 입은 순사와 눈이 마주친 것 같아 가슴이 쿵쿵 뛰었습니다. 그러면 나는 뒷머리가 쭈뼛해져서 아랫목에서 졸다 깨다 하고 있는 할머니의 품을 파고들며 소리쳤습니다. "할머니, 순사가 나를 잡으러 온 것 같아." 할머니는 그런 나를 품 안에 껴안으면서 내 엉덩이를 톡톡 두드렸습니다. 그러고는 "우리 똥강

아지가 뭘 잘못해서 순사가 또 왔누."하고 잠꼬대하듯 말했습니다. 그러면 나는 그렁그렁한 눈으로 할머니를 바라보며 "오늘은 아무 잘못도 안 했는 걸."하고 말했지요. 할머니는 내 머리를 끌어당겨 당신의 품속에 꼭 껴안으며 "그럼 금방 갈 게다. 자고 나면 가고 없을 거야. 코 자자, 우리 아기."라고 말했습니다. 나는 어느덧 잠이 들고, 아침에 깨어 유리 너머로 밖을 살펴보면 검은 옷을 입은 순사는 사라지고 푸르스름한 아침 안갯속에서 개가 어슬렁어슬렁 마당을 돌아다니는 것이 보였습니다. 그런데 그날 내가 본 것은.

어떤 것은 차라리 모르는 것이 낫습니다. 그래서 사람들은 뻔한 사실도 못 본 척하거나 모르는 체하기도 하나 봅니다. 그렇다고 그 사실이 없던 것이 되는 건 아니지만, 눈을 뜨고 직시하면 감당하지 못할 것이 너무 많아서 차라리 그렇게 눈 감는 것인지도.

개가 꼬리를 흔들며 아버지를 따라가고 있었습니다. 기다란 목줄에 묶인 개와 그 개를 이끄는 아버지는 마치 평화로운 오후의 산책자 같았습니다. 개는 가끔 멈춰 길가에 있는 풀들의 냄새를 맡거나 한쪽 다리를 들어 돌 틈에 오줌을 누기도 했습니다. 그럴 때마다 아버지는 잠깐 걸음을 멈추고 개가 다시 움직일 때까지 참을성 있게 기다려 주었지요. 그때까지만 해도 좋았습니다. 그건 마치 한 폭의 수채화와도 같았으니까요.

어떤 격랑도 없는 고요한 풍경. 그런데 장면이 바뀌면서 모든 것이 순식간에 전도되었습니다. 아버지가 끌고 온 개를 커다란 나무 밑에 웅기중기 서 있던 아저씨들 중 한 사람에게 넘겨주고는 그 아저씨에게 무슨 말인가를 하고 돌아섰습니다. 아저씨는 개의 목줄을 바투 쥐고 한참 동안 개를 쓰다듬었는데, 이제 와 생각해보면 아마도 아버지가 그 자리에서 멀어지기를 기다렸던 것 같습니다. 나는 개가 끙끙거리는 소리가 들리는 것 같아서 눈물이 철철 흘렀습니다. 그건 마치 '나도 데려가줘요.'라는 소리 같았거든요. 죽음의 낌새 같은 것을 그 개도, 나도 느끼고 있었습니다. 나는 마음속으로 끊임없이 외쳤습니다. '도망쳐. 도망치란 말이야. 어서 도망치라고!' 그 어떤 때보다 더 간절한 마음으로 소리쳤지요. 그러나 개는 도망치지 않았습니다. 등 돌린 채 걷고 있는 아버지를 향해, 그리고 멀리서 유리 너머로 자신을 바라보고 있는 나를 향해 보일 듯 말 듯 꼬리를 몇 번 흔들었을 뿐이었습니다. 그리고 하늘을 향해 '컹!'하고 한 번 짖었습니다. 그것이 그 개의 마지막 위엄이었습니다. 개는 곧 나무에 매달렸지요. 나무 밑에 둘러선 아저씨들이 몽둥이를 치켜드는 순간, 나는 전구의 필라멘트가 끊긴 것처럼 깜깜한 어둠에 휩싸였습니다. 그리고 며칠을 앓았습니다. 열이 펄펄 끓고, 헛소리를 하고, 정신이 들어왔는가 싶으면 다시 까무룩 잦아들더랍니다. 잘못 끼어든 영상처럼 가끔 그때의 기억이 떠오르는데, 절친한 친구였던 이웃의 소녀가 내 옆에 무릎을 꿇고 앉아 무슨 주문인가를 읊어대고 있는 것입니다. 나는 다시 정신을 잃었지만, 그 소녀가 읊은 주문의 힘이었는지 머지않아 자리를 털고 일어났습니다.

아직도 그때의 장면이 잔인한 심상으로 떠오릅니다. 그러나 그것은 차라리 윤리적이었습니다. 한 생명의 죽음 앞에 우리 모두는 예의를 지킬 줄 알았으니까요. 그 후로 다시는 개를 만지지 않았고, 여전히 죽음은 혹독했지만, 아직까지는, 그래도 아직까지는 눈 가리지 않고 세상을 마주 볼 용기가 있었습니다.

아아, 다시 바람이 부는군요. 나는 바닷물을 먹고 자라 스스로 짠 것이 되어버린 함초입니다. 질척한 땅에 뿌리를 박고 불연속적으로 흐르는 시간을 잎새에 새겼지요. 내게 이제 세상은 아무런 의미도 아닙니다. 혈관에 피가 돌고, 고른 들숨과 날숨을 쉬며, 튀밥처럼 웃음을 터뜨리고, 그런가 하면 느닷없이 화를 폭발시켜 주위 사람들을 당황케 하고, 연민과 후회와 감사와 기쁨의 눈물을 흘릴 줄도 알았던 한 존재가 거짓말처럼 가뭇없이 사라질 수 있는 것처럼 세상 또한 그런 것일 뿐입니다.

많은 사람들이 함께 눈물을 흘려주었습니다. 그리고 따뜻이 손을 잡아주었습니다. 그리고 말했습니다. 미안하다고, 잘

못했다고, 용서해달라고. 그러나 나는 아무것도 용서할 수 없습니다. 용서는 힘 있는 자들이나 하는 것이니까요. 아무 힘도 없는 내가, 아무것도 가진 것 없는 내가, 마음마저 돌처럼 단단히 닫혀버린 내가 무엇을, 또 누구를 용서할 수 있단 말입니까. 단연코 용서는, 가진 것 많고 힘 있는 자들만이 할 수 있는 것입니다. 진심이 없어도 할 수 있는 것이 용서란 말입니다.

나는 이제 '만약'이란 말을 믿지 않습니다. 그날 이후 그 말을 숱하게 곱씹으며 무수히 많은 시간 속에 대입해봤습니다. 만약 그가 그날 떠나지 않았다면, 만약 사람들이 조금만 더 빠르고 현명했다면, 만약 어떤 가능성이라도 모든 가능성이 되었다면, 만약 내가 조금 더 그를 사랑했다면, 만약 나도 그도 이 땅에 태어나지 않았더라면……. 그러나 그 숱한 '만약'들은 내게 아무런 대답도 해주지 않았습니다. 그 어떤 과거도, 그 어떤 현재도, 그 어떤 미래도 보여주지 않았습니다. 오히려 모든 시간이 뒤섞이고 뭉개져 더욱 혼란스럽기만 했습니다. 살아 있다는 것이, 존재 자체가 허방을 딛고 있는 것 같았지요. 이렇게 그 어떤 대답도, 의지도, 시간도, 공간도 잃어버린 채 허무하기만 한 무력한 나에게 '용서'란 말은 제발 하지 마시기 바랍니다.

잊어버리는 것, 그것은 어쩔 수 없는 일이라고 생각합니다. 시간이 흐르면 잊히는 건 당연하지요. 더 이상 시간이 흐르지 않는 자의 고통스런 기억이 내 것이듯, 시간이 흐르는 자들의 망각이 당신들의 것임을 탓하고 싶지 않습니다. 그러니 내 앞에서 울지 마세요. 용서해달라고 하지 마세요. 대신 이것만은 잊지 말아주세요. 개인적인 고통보다 더 보편적인 것, 가령 윤리나 도덕, 그것이 거창하다면 그 어떤 선심, 그것도 거창하다면 그냥 당신 주변에 사람이 있다는 것을 기억해주세요. 그 어떤 순간에도 가장 존중해야 할 가치는 '목숨'이라는 것을. 내가 바라는 것은 그것뿐입니다.

생각해보면, 나는 그를 그렇게까지 사랑하지는 못했던 것 같습니다. 사랑하는 방법을 몰랐지요. 하루하루 겪는 일상들이 이토록 엄연하다는 것을 그때는 정말 몰랐습니다. 어떤 때는 그가 웃는 것조차 역겹고 화나기도 했으니까요. 아무것도 아닌 하찮은 일로 말이지요.

나는 그가 좀 더 훌륭해지길 바랐습니다. 다양한 색깔로 이 세상을 칠할 수 있기를 바랐지요. 그러기 위해서는 지금보다 더, 남들보다 더 많은 색깔이 필요하다고 생각했습니다. 그도 역시 그렇게 생각했습니다. 그러나 내가 욕망하는 그림과 그가 꿈꾸는 그림은 근본적으로 다른 것이었습니다. 나는 여러 가지 색깔로 그린 화려한 그림을 원했지만, 그는 다양한 농담으로 흥미로운 그림을 그리고 싶어 했습니다. 나는 그런 그가 답답했습니다. 그도 역시 나의 생각을 속물스럽다고 여겼지요. 열정이 식은 후 우리의 사랑은 서로의 모습을 받아들이지 못했습니다. 그래서 우리는 자주 싸웠습니다.

그의 꿈은 아프리카에 가는 것이었습니다. 검은 절망에 사로잡힌 사람들에게 조금 더 밝은 세상을 보여주고 싶다고 했습니다. 나는 코웃음이 났습니다.

"삶은 어디에나 있어. 삶이 있는 곳에는 반드시 희망도 있는 법이고. 너의 오만이 그들의 희망조차 빼앗아버릴 거야. 어쩌면 네가 지닌 희망마저 빼앗길지도 모르지."

그러면 그는 나의 냉소를 야멸차게 비난했습니다.

"가진 것을 나누지 않는 것은 죄악이야. 넌 지금 무서운 죄를 짓고 있어."

나는 그의 비난이 부당하다고 생각했습니다. 그래서 생각지도 않은 말을 내뱉고야 말았습니다.

"흥! 가진 거나 있고 나서 말해. 고작 검고 희고 회색뿐인 그림 말고 지금 네가 그릴 수 있는 게 뭔데. 겨우 그런 무채색의 세상을 보여주자고 그 먼 곳까지 가겠다는 거야? 정말 웃겨!"

그즈음 우리는 심각하게 이별을 고려하고 있었습니다. 서로의 생각을 좁히는 것보다 각자 다른 삶을 사는 것이 더 쉽다고 판단한 거죠. 그러나 우리는 끝내 헤어지지 못했습니다. 아마 우리에게 더 많은 시간이 있었다면 분명히 헤어졌겠죠. 허나 우리가 이별을 실행하기 전에 그날이 왔습니다. 느닷없어서 속수무책이었던 그날, 속수무책이어서 가슴 저렸던 그날, 우리의 삶이 그 어떤 예고도 없이 단절돼버리는 현장을 느닷없고 속수무책이고 가슴 저리게 바라보기만 하던 그날이 말이지요.

아무리 막아보려고 해도 어느 틈으로든 새어 들어오고야 마는 바람처럼 어떤 기억들 또한 그렇습니다. 문풍지를 바르르 떨게 만드는 한겨울의 황소바람처럼 어떤 기억은 무서운 기세로 불어와 내 마음을 온통 뒤흔들어 놓습니다. 아무리 겹겹이 방어막을 쳐도 소용없지요. 생각하지 않으려 하면 할수록 기억은 더욱 집요하게 파고들고, 나는 또 나약한 존재가 되어 기억의 횡포에 이리저리 휘둘립니다. 울고 소리쳐 봐야 아무 소용없다는 것을 이제는 알지만, 눈물은 또 하릴없이 흘러내리고야 맙니다.

처음 사고 소식을 접했을 때, 나는 야채를 볶고 있었습니다. 그날은 아버지의 생신이었습니다. 새벽부터 일어나 미역국을 끓이네, 잡채를 만드네, 생선을 굽네 하며 분주한 어머니를 돕고 있었죠. 일찍 일어나 서둘렀지만 8시가 넘도록 아침상은 차려지지 않았습니다. 거실에서 TV를 보고 계시던 아버지가 "잔칫상 기다리다 굶어 죽은 사람 내 여럿 봤다."며 투덜거리는 소리가 들렸습니다.

"Hakuna matata!"

아버지를 향해 몸을 반쯤 돌리고 낄낄거리는 나에게 아버지는 눈을 흘겼습니다.

"그건 또 무슨 귀신 씻나락 까먹는 소리냐? 영어로 욕하면 내가 모를 줄 아냐?"

"욕한 거 아니에요. 아무 문제없으니 걱정 말라는 뜻이에요. 그리고 이건 영어가 아니라 스와힐리어거든요. 아프리카에서 쓰는 말이죠."

"거 참, 내 딸 똑똑하다. 생일날 아침부터 쫄쫄 굶고 망신만 당하는구나."

"Hakuna matata!"

생일상이 차려지고 식구들이 둘러앉아 이제 막 숟가락을 들었을 때, 배가 기울어졌다는 뉴스속보가 나왔습니다. 나는 몹시 배가 고프기도 했지만, 사태가 그렇게까지 심각한 것인 줄 몰랐습니다. 그래서 우걱우걱 입속에 미역국을 퍼 넣으며 이렇게 말할 수 있었습니다.

"기울어졌으면 똑바로 세우면 되겠네."

아버지 역시 농담처럼 가벼운 말을 던졌습니다.

"내 딸 참 똑똑하다."

그날 아침까지만 해도 나는 그토록 가벼웠고, 아무런 문제가 없었습니다. 밥을 먹으며 그에게서 온 문자를 봤을 때도 그랬습니다.

〈배가치올한고있어혹시모__랏너문자나긴다미안했고사항
했다〉

뜻을 알기 위해 몇 번이나 다시 읽어야 했지만, 오자투성이
의 그 문자가 급박한 상황에서 작성되었기 때문이라는 짐작
은 하지 못했습니다. 8시 54분, 그가 나에게 문자를 보낸 것은
배가 60도쯤 기울었을 때였습니다. 침착하게 대처한다면 충
분히 빠져나올 수 있을 거라 여겼습니다. TV에서는 해경뿐 아
니라 인근의 고기잡이배까지 동원되어 구조작업을 벌이고 있
다고 했으니까요. 많은 사람들이 구명조끼를 입고 이미 바다
로 뛰어든 상황이었습니다. 구조헬기도 떴고, 아직은 배가 60
도밖에 기울어지지 않았으니 충분히 빠져나올 수 있으리라
생각했습니다. 나는 TV 화면을 통해 바다에 떠 있는 사람들과
기울어진 배를 보며 생각했습니다. Hakuna matata! 그리고
그에게 문자를 보냈습니다.

〈걱정 말고 침착하게 행동해. 너의 모험담 기대할게.〉

그랬습니다. 그때까지도 나는 그것이 한낱 모험담에 지나
지 않을 거라고 생각했습니다. 배에 탔던 학생들이 모두 구조
되었다는 소식이 들려왔을 때는 그가 돌아오면 오자투성이의
문자를 보여주면서 스와힐리어보다 한국어를 먼저 완벽하게
배우라고 통을 줄 생각도 했습니다. 아프리카에 가기 위해 돈
을 버는 것보다 성능 좋은 스마트폰을 구입하는 게 더 먼저 아

니겠냐고 말하려고도 했습니다. 학교까지 휴학하고 아르바이트하겠다고 배에 뛰어들더니 누구도 하지 못할 좋은 경험했다고 눈을 한 번 흘겨주려고도 했습니다. 그러고도 아프리카를 또 입에 올렸다간 그땐 정말로 헤어지겠다고 엄포를 놓을 생각이었습니다. 그리고 어쩌면 정말로 헤어지게 될지도 모르겠다는 생각이 들어 근심스러워지기도 하던 것이었습니다.

나는 바보였습니다. 나는 눈에 백태가 끼었고, 머리는 텅텅 비었으며, 가슴은 얼음장보다 더 차가운 인간이었습니다. 그날 나는 구제불능의 저능아였습니다. 눈앞의 참사를 보고도 아무것도 알아채지 못하고 문제없다고만 외치다니! 아아, 차라리 눈알을 뽑아버리고 싶었습니다. 머리를 망치로 땅땅 두드려 깨버리고 싶었습니다. 탑승객과 구조자와 실종자 숫자가 시시각각 바뀔 때 깨달았어야 했는데. 그때까지도 나는 TV 앞에 앉아서 곧 모두 구조될 것이라는 헛된 희망을 품고 있었습니다.

시간이 흐르고, 구조자 숫자가 더 이상 올라가지 않는데도 그에게서는 아무 연락이 없었습니다. TV에 구조자 명단이 나오기를 기다렸지만 처음에만 잠깐 나오더니 이내 그것조차 나오지 않았습니다. 나는 무엇을 어떻게 해야 하는지 도무지 알 수 없었습니다. 그저 망연히 TV 화면을 바라보면서 모세가 일으킨 기적처럼 바다가 양쪽으로 쩍 갈라지기를 간절히 바라는 것 말고는 아무것도 할 수 없었습니다. TV 앞에서 안절부절못하는 나를 보고 이상한 낌새를 챈 어머니가 "왜, 저기에 네 애인이라도 탔냐?"고 던진 한마디를 듣고는 그제서야 눈물을 후두둑 떨어뜨렸습니다. 한번 눈물이 터지자 걷잡을 수 없이 흘러내렸습니다. 가슴이 아프다는 말의 실체가 몸으로 느껴졌습니다. 어머니는 흐느끼는 나의 등을 철썩 때렸습니다. 그리고 말했습니다.

"이것아, 뭐하고 있어. 얼른 가봐야지."

바다 쪽을 보며 울부짖는 사람들이 있었습니다. 그 와중에도 더 나은 구조를 위해 이성적으로 상황을 판단하려고 애쓰는 사람들이 있었습니다. 고함치고, 항의하고, 몸싸움을 벌이는 사람들이 있었습니다. 덩달아 죽음을 향해 가려는 듯 기절하는 사람들도 있었습니다. 경찰과 구조대와 희생자 가족과 자원봉사자들과 지역 주민들과 기자들이 있었습니다. 그 많은 사람들, 사람들이 한 데 뒤엉켜 거대한 슬픔의 씨앗을 뿌리고 있었습니다. 그런데, 나는 모든 것이 낯설기만 했습니다. 스스로 이방인처럼 떠돌던 나는 이 모든 것이 나쁜 꿈만 같아서 빨리 돌아가고 싶어졌습니다. 구조현장의 뜬소문들처럼 나의 마음은 점점 잔인해지고 있었습니다.

시간이 갈수록 모든 것은 뒤늦어지고 있었습니다. 한 가닥의 희망이 절망으로 검게 물들어가고 있음에도 상황은 점점 더 나빠지고 있었습니다. 한때는 희망이었다가 급격히 절망으로 탈바꿈하는 소식들이 거친 파도처럼 떠돌았습니다. 격랑에 휩쓸릴 때마다 무중력의 공간에 떠 있는 듯했습니다. 차라리 나쁜 소식만 들리는 것이 더 나을 것 같다는 생각이 들 정도로 좋은 소식들이 오히려 나의 마음에 더 큰 상처를 남겼습니다.

결국 속엣것을 게워내고 말았군요. 바람 때문입니다. 짠맛이 느껴지는 바람 때문에 다시 시간을 멈춰야겠습니다. 그러나 어떻게 하면 시간을 멈출 수 있을까요? 마치 무기력이 최선의 방책이었던 것 같았던 그때의 정부처럼 두 손 놓고 무연히 있을까요? 죽는 것도 어렵고, 사는 건 더 어려워서 차라리 미치지도 못하는 삶을 저주하면 시간이 멈춰질까요? 불탄 자리에 꽃이 피듯 다시 갈매기가 날고 파도가 일렁이고 햇살이 반사되는 그 바다에 가면 나의 시간들도 새 생명을 얻게 될까요? 그것도 아니라면 차라리 눈감아버릴까요? 떠오르는 기억들이 내 것이 아닌 양 그저 바라보기만 할까요?

나의 애인은 끝내 바다에서 나오지 못했습니다. 나의 애인은 아직도 저 바다에 있는데, 구조 당국은 더 이상 실종자 수색을 하지 않겠다고 했습니다. 시간이 너무 많이 지났고, 가라앉은 배를 부숴가면서까지 수색했지만 더 이상 실종자가 나오지 않으니 어쩌면 당연한 결정이었는지도 모르지요. 더구나 거대한 충격과 피로를 극복할 새 없이 사람들이 하나둘 죽어가고 있었습니다. 그러나 이러한 사실들에도 불구하고 나의 마음은 끝없이 동요했습니다.

"그럴 리가 없습니다."

대통령이 현장을 방문했을 때 했던 말이 머릿속을 끊임없이 맴돌았습니다. 구조 당국이 자신들이 했던 말을 무수히 번복하며 무능을 드러냈을 때, 현장에 있던 가족들의 거친 항의를 나무라며 했던 말. 나는 그 말을 수없이 되돌려 주고 싶었습니다. 그렇지만 나는 누구에게 그래야 하는 건지 알 수 없었습니다. 그 말 속에 들어 있던 대통령의 자신감과 믿음을 나도 똑같이 간직하고 싶었지만 누구를 믿고, 무엇에 자신감을 가져야 하는 건지 도무지 알 수 없었습니다. 게다가 나는 그의 가족이 아니었고, 그러므로 실종자에 대해 그 어떤 말도 할 자격이 없었습니다. 같은 배에 탄 그의 부모님은 이미 망자가 되었고, 하나뿐인 친척인 그의 고모는 그가 그 배에 탄 것을 강하게 부정했습니다. 그는 지금 아프리카에 있다고 그녀는 굳게 믿었습니다. 그러니 더 이상 아무 말 말라고 했습니다. 네깟 게 뭔데 그런 말도 안 되는 소리를 입에 올리느냐고, 재수없다고, 소금을 뿌리듯 내게 말했습니다. 나도 그녀처럼 생각하고 싶었습니다. 그는 지금 돌아올 기약 없이 떠나 저 먼 아프리카에 있다고, Hakuna matata를 주문처럼 외우며 검은 대륙의 사람들에게 끊임없는 위로와 응원을 보내고 있을 거라고, 그리고 언젠가 먼 훗날 떠날 때처럼 말없이 돌아와서는 내 앞에 나타나 Jambo!라며 웃어줄 거라고 나도 그녀처럼 믿고 싶었습니다. 그러나 역시 나는 남인가 보았습니다. 그녀의 믿음에 비해 나의 믿음은 너무나 약해서 그녀처럼 맹목적일 수는 없었습니다.

그가 남긴 문자를 다시 한 번 봅니다.

〈배가치올한고있어혹시모__랏너문자나긴다미안했고사항했다〉

보고 또 보다가 몇 번이나 지우려 했지만, 끝내 지우지 못했습니다. 그는 없고, 이렇게 문자만 또렷이 남았는데, 나는 무엇을 믿고 무엇을 부정해야 하는 걸까요? 그날의 대통령처럼 그럴 리가 없다고 말해버리면 이 모든 부조리가 사라질까요? 그렇다면 나는 과연 누구에게 그 말을 해야 하는 것인가요? 국가에? 국민에게? 신에게? 아니면 사라져버린 그에게? 혼란에 빠져 허우적거리는 나 자신에게?

배가 기울어지고 있을 때, 그는 배에 함께 탄 그의 부모님을 찾아 헤매고 있었을지 모릅니다. 그처럼 비정규직 노동자로 탑승 명부에 이름조차 올리지 못했던 그의 가난한 부모님을 말이지요. 승객들로부터 '아저씨' 혹은 '아줌마'라고 불렸을, 아니면 그조차도 불러보지 못했을 그의 부모님처럼 그 또한 그랬을 겁니다. 그는 매점에서 빵과 음료수와 컵라면을 팔았거나 대걸레로 식당 바닥을 닦았을지도 모릅니다. 어쩌면 자신은 체크되지 않는 인원체크를 하고 있었는지도 모르지요. 배에 탄 여학생들 중 몇 명은 남몰래 그를 연모했을 겁니다. 어쩌면 그는 그들 중 누군가와 어깨에 팔을 두르고 사진을 찍었을지도 모릅니다. 그러고는 "사진 나오면 꼭 보내줘."라고 농담을 했을지도 모르지요. 까르르 웃던 여학생들의 환한 웃음이 생각나 기울어지는 배 안에서 나오지 않고 학생들을 구했을지도 모릅니다. 그는 착한 사람이었습니다.

그가 배에 타기 전 그와 헤어져 영영 남이 되었다면 이렇게 시간을 부러뜨리며 살지 않아도 되었을까요? 사랑에 빠지게 만들었고, 또 헤어질 결심을 하게도 만들었던 그의 착함이 이토록 치명적인 화살이 되어 날아와 박히진 않았을까요? 그렇다 해도 역시 헤어지지 않기를 잘했다는 생각이 듭니다. 그리고 그가 착한 사람이어서 나는 그가 점점 더 좋아집니다. 그가 살아 있었어도 아마 그랬을 겁니다. 그는 자신의 선함으로 끝내 나를 설득하고 위로하고 물들였을 테니까요. 그래서 나는 결국 그와 함께 아프리카에 가서 소박하지만 아름다운 그림을 그리게 되었을 겁니다. 그는 충분히 그럴 수 있는 사람이었고, 그런 사람이었습니다.

그때 이후 점점 좋아지는 또 한 사람, 나의 어머니입니다. 어머니는 슬픔에 빠진 나를 여전히 위로하고 있습니다. 그리고 한 번도 보지 못한 나의 애인을 함께 그리워합니다. 어머니를 볼 때마다 나는 생각합니다. 이 나라는 아줌마들 덕분에 지탱되는 것이라고. 그녀들이 지닌 공감의 힘은 그 어떤 권력보다도 강합니다. 그녀들은 늘 "그럴 리 없습니다!"라는 말보다 "그럴 수 있습니까?"라는 말을 하기 좋아하지요. 느낌표와 물음표의 차이를, 윽박지름과 포용의 차이를, 서늘함과 따뜻함의 차이를 너무나 잘 알고 있는 것입니다. 그녀들은 교양이 없고 주책이 없고 눈치가 없지만, 예의와 소통의 능력을 너무나 잘 갖추고 있습니다. 가끔씩 내가 무척 힘들어져서 괜한 일에도 눈물바람을 하면 어머니는 말합니다.

"울어야 할 때 잘 우는 것도 사람이 할 일이다."

어머니는 내가 아직 울어야 할 때임을 잘 알고 있는 것입니다. 그리고 울어야 마땅하다는 것도.

그해의 지방선거에서는 여당과 야당이 공평하게 표를 얻었습니다. 지방선거와 함께 치러진 교육감 선거에서는 진보성향의 후보가 대거 당선되었습니다. 선거가 끝나고 곧바로 열린 월드컵에서는 독일이 우승을 거두었습니다. 아쉽게도 우리나라는 16강에도 들지 못했습니다. 국가개조를 선언한 대통령이 추진한 내각 개혁은 바람대로 이루어지지 못했습니다. 장관 후보와 국무총리 후보들은 모두 비리에 연루되거나 도무지 이해할 수 없는 국가관을 가지고 있었습니다. 그 무렵 동부

전선 GOP에서는 총기사고로 인해 10여 명의 사상자가 발생했습니다. 일본은 집단자위권 행사가 허용된다는 새로운 헌법 해석을 채택하면서 '전쟁을 할 수 있는 나라'로 전환했습니다. 중국의 시진핑 주석은 한국을 방문하여 한국과 중국이 전략적 동반자관계임을 재삼 확인하며 양국 간 공조체제를 확고히 할 것을 다짐하기도 했습니다. 북한은 잊을만하면 남쪽을 향해 포를 쏘았습니다. 그러면서도 인천에서 열린 아시안게임에 '미녀 응원단'을 전격 파견하기로 하였으나, 인천아시안게임 참가 문제를 논의하기 위한 남북 실무접촉에서 우리 정부의 협상태도를 문제 삼으며 '미녀 응원단' 파견 계획을 철회할 것을 선언했습니다. 그해에는 국정조사와 청문회가 끊임없이 열렸고, 지리한 공방이 이어졌지만 끝내 만족할만한 결과를 도출하지 못했습니다.

또한 그해에는 대기가 불안정하여 우박과 회오리바람과 잦은 소나기가 관측되었는가 하면 마른장마가 길게 이어져 농가에 막대한 피해를 입히기도 했습니다. 국민들의 들끓는 반대에도 불구하고 전임 대통령이 야심 차게 살리려 했던 4대강은 결국 푸른 악취를 풍기며 죽어갔습니다. 추석 귀성길 교통대란은 여전해 부산에서 서울까지 10시간이 넘게 걸렸습니다. 정부는 그 여름과 가을 내내 지금 가장 중요한 것은 경제를 살리는 것이라며 동분서주했지만 경제는 통 되살아날 기미가 보이지 않았습니다. 많은 사람들이 거리로 쏟아져 나와 정부에 진상규명을 요구하며 노숙자를 자처할 때, 서비스업에 사활을 건 정책의 힘을 입어 이 나라는 거대한 호화 도박판이 되어가고 있었습니다. 교황이 다녀갔고 그에게서 축복도 받았지만, 구세주는 토라졌고 크리스마스는 흥이 나지 않았습니다. 사람들은 이런저런 이유로 끊임없이 죽어갔고, 우리의 대통령은 수많은 일정을 소화하느라 늘 바빴습니다. 그 와중에도 드러난 잘못들을 엄중히 문책하는 가장의 위엄을 보여주었지요. 그러나 대부분의 권위주의적인 가장이 그러하듯 사후(事後)에만 목소리가 커졌습니다.

나는, 아주 힘겹게 제자리로 돌아왔습니다. 그러나 내가 돌아온 이 자리가 제자리이긴 한 걸까요? 이제는 내가 누구인지도 모르겠는데, 내가 돌아온 이 자리가 내 자리가 맞기는 한 걸까요?

지구가 태양을 한 바퀴 돌아 다시 그 날이 옵니다. '산 사람은 살아야지.'라는 말이 죄가 되던 그 시절에 우린 모두 죽은 듯이 살았습니다. 숨 쉬는 것조차 조심스러워 서로를 경계하고 눈치를 봤지요. 그러나 그래서는 안 되는 거였습니다. 예의를 지키는 일이란 그렇게 자연스러운 이치를 억압하는 것이 아니라, 서로가 서로에게 책임을 지는 것입니다. 누군가의 부서진 시간을 바라보며 똑같이 자신의 시간을 부수는 것이 아니라, 그들이 마음 놓고 아파할 수 있도록 시간을 굴려가는 것입니다. 그래서 '산 사람은 살아야지.'라는 말이 노엽게 들리지 않게 하는 것입니다. 더 이상 누구도 아픈 기억의 나이테를 그리지 않아도 되게 말이지요.

또 바람이 부네요. 아까 속엣것을 게우고 났더니 이제 좀 괜찮습니다. 그러나 바람은 계속해서 불어 올 것이고, 그럴 때마다 울컥울컥 욕지기가 나겠지요. 그러면 당신, 아무 말 말고 조용히 나의 손을 잡아주세요. 그리고 토닥토닥 등을 두드려주세요. 그거면 충분합니다. 아주 충분해요.

침몰

#1

벚꽃은 화사했고 햇살은 따스했다. 아버지는 금방이라도 쏟아질 듯 꽃사태가 난 벚꽃나무 아래 굳은 표정으로 서 있었다. 봄에 겨워 온통 아른대는 세상에서 아버지 혼자만 겨울이었다. 일훈은 아버지의 얼굴에 초점을 맞추고 기다렸다. 아버지가 웃을 때까지. 하여 도시락까지 싸들고 나온 단 한 번의 가족 나들이를 온전히 기념할 수 있도록. 아버지의 웃음은 이 봄을 아니, 지금까지 일훈이 기억했고 앞으로 기억해야 할 모든 봄을 따뜻한 느낌으로 완성시킬 것이었다. 그러나 아버지는 조금씩 얼굴을 일그러뜨리더니 급기야 일훈에게 거친 한마디를 쏟아냈다.

"야, 사진 한 장도 제대로 못 찍고 뭐하고 섰는 거야. 에이, 모자란 놈!"

그 서슬에 일훈은 저도 모르게 셔터를 눌렀다. 액정에 새겨진 아버지의 모습이 아지랑이처럼 일렁였다. 환영처럼 얼룩진 아버지의 머리 위로 벚꽃잎이 눈송이처럼 휘날렸다. 세상은 온통 겨울인데 아버지만 봄인 것 같았다.


#2

여옥은 밤이 늦도록 돌아오지 않는 딸아이 때문에 머리끝까지 화가 나 있었다.

'엄마, 나 늦으니까 기다리지 말고 먼저 자.'

딸은 이따위 문자만 하나 덜렁 보내놓고 전화기도 꺼둔 채 잠적 중이었다. 여옥은 괜스레 아무도 없는 딸아이의 방문을 열었다 닫았다. 자신이 무얼 하고 있는지 알아채지 못한 채 벌써 몇 번째 반복한 일이었다. 그러고는 냉장고에서 물병을 꺼내 병에 입을 대고 벌컥벌컥 찬물을 들이켰다. 그래도 속이 진정되지 않아 이번엔 얼음을 꺼내어 와드득 와드득 깨물었다. 딸을 향한 분노가 잇새에서 잘근잘근 부서지며 이뿌리를 시게 했다.

"요놈의 기집애, 들어오기만 해봐라."

언제부턴가 금요일이 '불금'이 되었다. 여옥이 딸아이로부터 이 말을 처음 들었을 때, 그 뜻이 오리무중이어서 도무지 알아들을 수가 없었다. 그런 말들은 숱하게 많아서 딸아이의 입에서 튀어나오는 말들이 때론 무섭기까지 했다. 그래도 여옥은 담대하게 대처했다. 딸아이가 '듣보잡'인 단어를 발음하면 여옥은 즉시 그 뜻을 물었다.

"불금이 뭔데?"

"불타는 금요일."

"불타는 금요일?"

"화끈한 금요일이라는 거지. 다음날이 쉬는 날이니까 신나게 놀자는 거야, 금요일 밤에."

"이를테면 옛날의 토요일 오후 같은 거구나."

"뭐, 이를테면."

'불금'에 딸아이는 전화기를 끄고 밤이 늦도록 돌아오지 않고 있었다. 휴일을 앞둔 불타는 금요일 밤, 딸아이는 대체 무얼 하고 있을까? 그 옛날 토요일 오후의 여옥처럼 잘생긴 교회 오빠 앞에서 부끄럼타며 기도하고 있지는 않을 것이라는 걸 너무나 잘 알고 있는 여옥은 가슴이 저려서 가만히 있을 수가 없었다. 그래서 여옥은 전화기를 들고 딸아이의 사서함에 음성메시지를 남겼다. 듣기에 따라서는 애원하는 것 같기도, 협박하는 것 같기도, 모든 것을 체념한 것 같기도 한 음성이었다.

"그래도 아빠 들어오기 전에는 들어와야 할 거 아냐."

#3

아아, 그들이 또 습격했다. 알리바바와 40인의 도둑들처럼 그들은 신속하고 집요하고 철저했다. 미애는 잔뜩 어질러진 주방을 바라보며 깊은 한숨을 내쉬었다. 요리사가 되고 싶은 아들 녀석은 종종 친구들을 잔뜩 데리고 와 정체를 알 수 없는 이상한 음식들을 해 먹였다. 그러느라 주방을 온통 거대한 메뚜기 떼가 휩쓸고 간 것처럼 해놓았는데, 친구들과 먹을 만한 것은 다 꺼내먹고 텅텅 비다시피 한 냉장고의 한구석에 자신이 만든 요리를 미애가 먹을 만큼만 남겨놓곤 했다. 처음 얼마간은 혼도 내고, 애원도 하고, 마음에 전혀 없는 칭찬도 해보았지만 아무 소용없었다. 날이 가면 갈수록 아들과 그 일당들이 왔다 간 주방은 혼란의 구렁텅이로 더욱 더 깊이 빠져들어 갔다. 급기야 이제는 주방 수납장 저 한구석에서 골동품으로 낡아가고 있던, 미애가 시집 올 때 해 가지고 왔던 접시들까지 다 나와 있었다. 미애는 혼란한 주방을 약 30초간 망연히 바라본 후에 냉장고로 다가가 냉장고 문을 열었다. 텅텅 비다시피 한 냉장고의 정 중앙에 뚝배기가 떡하니 버티고 있었다. 뚝배기를 꺼내니 뚜껑에 메모지가 붙어 있었다.

'우르르 한 번 끓으면 즉시 불을 끌 것.'

미애는 메모지를 떼고 뚝배기를 가스레인지에 올려놓았다. 옷을 갈아입고 나와 부엌 개수대에서 대충 손을 씻을 무렵 뚝배기에서 보글보글 끓는 소리가 났다. 미애는 얼른 불을 끄고 밥을 한 공기 퍼서 뚝배기에 담긴 정체불명의 음식과 함께 먹었다. 황홀할 정도로 맛이 있어서 미애는 조금 울었다. 눈물을 찍어내며, 메는 목으로 음식들을 꾸역꾸역 삼키며, 끈적거리는 발밑을 의식하며, 벽에 묻은 저 이상한 얼룩을 당장 지워야겠다고 생각하며 미애는 결심했다. 오늘은 아들에게 이 이상한 음식의 이름이 뭔지 꼭 물어봐야겠다고.


#4

세간을 정리하고 나자 집이 휑하니 넓어졌다. 남편이 식구들을 전부 데리고 삶의 터전을 제주도로 옮기기로 결정했을 때 민의 마음은 상당히 복잡했다. 정든 땅을 이미 한 번 떠나온 경험이 있는 민이었다. 그래서 민은 향수병이 얼마나 무서운 것인지 잘 알았다. 눈을 감아도, 눈을 뜨고 있어도 고향의 산천이 떠올랐다. 도저히 알아들을 수 없는 말로 남편이 사랑을 고백할 때도, 간혹 격렬하게 소리치며 싸움을 걸어올 때도 떠나온 가족이 사무치게 그리워 가슴이 둘로 쪼개지는 것 같았다. 특히 민을 미칠 것 같은 감정에 빠뜨리는 것은 냄새였다. 꼭 같은 것은 아니지만 어딘가 익숙한 것 같은 냄새가 민의 코끝을 스치면 민은 넋을 놓고 말았다. 민은 그래서 비 오는 날을 싫어했다. 비가 오면 맡아지는 비릿한 풀냄새, 흙냄새는 언제나 민을 깊은 우울에 빠뜨렸다. 그것은 그 누구에게도 설명할 수 없는 감정이었다. 심지어 자기 자신에게조차도.

향수(鄕愁), 그 미칠 것 같은 감정에서 벗어나는 데 꼬박 10년이 걸렸다. 아이를 낳고 기르는 동안에도 없어지지 않던 병이었다. 그런데 이제 와서 또 이사라니. 민은 강하게 반대했다. 그러나 희망에 찬 남편의 설득을 끝내 꺾을 수는 없었다.

"여기선 도저히 행복해질 수 없어. 소박하게 살기에는 우리가 가진 게 너무 많아. 그래서 우리는 늘 머리를 굴려야 해. 더 많이 갖기 위해서가 아니라 가진 걸 잃지 않기 위해서일 뿐인데도 말이야. 가진 걸 하나라도 잃으면 살아갈 수가 없고, 잃지 않으려면 끊임없이 머리를 굴려야 하는 악순환에 빠진 거지. 너무너무 골치가 아파. 민, 당신은 행복해지려고 이곳에 온 거잖아. 우리 모두 조금이라도 더 행복해져야 하는 거잖아. 그러니 떠나자. 민, 그곳에서 우리는 더 많이 사랑할 수 있을 거야."

남편의 설득이 계속되자 민의 마음도 점차 바뀌어 갔다. 지금도 충분히 행복하다고 남편에게 큰소리쳤지만, 시간이 갈수록 정말 자신이 행복한 건지 장담할 수 없었다. 남편이 행복하지 않은데 자신만 행복한 것은 진정한 행복이 아닌 것 같았다. 어쩌면 남편이 말한 것처럼 진정한 행복은 여기가 아니라 거기에 있을지도 모른다는 막연한 생각도 들었다. 이곳은 남편의 나라이니까 자신보다는 남편의 결정이 더 옳을 것이었다. 더구나 지금은 고향을 떠나올 때처럼 민 혼자가 아니었다. 이제는 그 누구보다 가까워진 남편이 있었고, 민의 몸을 통하여 세상에 나온 아들과 딸도 있었다. 이들에게 말할 수 있는 것이다. "나 슬퍼. 그런데 무엇 때문인지 모르겠어."라고. 그러면 이들은 이유 따윈 묻지 않고 민을 따뜻하게 안아주고 위로해줄 것이다. 그리하여 서로 더 많이 사랑하게 될 것이다. 원래 사랑은 이유가 없는 거니까.

여기에서의 마지막 수업을 마치고 돌아올 아들과 딸을 기다리며 민은 고향에 있는 아버지에게 전화했다.

"아버지, 우리 이제 곧 떠나요. 그곳은 매우 아름다운 곳이래요. 그곳에서의 삶이 무척 기대돼요. 우린 지금보다 훨씬 행복해질 거예요. 아버지, 우리를 꼭 보러 오세요."

#5

*너는 노래하고, 나는 너의 노래에 매혹되었다.*
*그러니 나를 잡아먹으라. 아름다운 세이렌.*
*나의 심장은 오직 너를 위해서만 뛸 것이니*
*귀여운 나의 마녀여, 나를 소유하라.*

태경은 함축적이고 상징적인 단 4줄의 글 속에 표현된 자신의 격정에 그녀가 충분히 감동해주길 바랐다. 이 4줄을 쓰느라 반년이 걸렸다. 썼다 지우고 썼다 지우고 하는 동안 태경은 행복했지만 또한 많이 아팠다. 다가왔다 싶으면 멀어지고, 멀어졌다 싶으면 금방 잡힐 것 같은 그녀처럼 문장도 그러했다. 그럴 때마다 태경의 마음은 중심을 잃고 사방팔방 요동쳤다. 하여, 사춘기 때에나 느낄 법한 생의 고뇌가 단 4줄의 연애편지를 쓰던 이 시기에 밀도 있게 태경을 사로잡던 것이었다.

태경은 땀이 차오르는 손바닥을 바지에 문질렀다. 편지를 건넨 지 한참이 지났지만 그녀는 아무런 대꾸가 없었다. 아무리 성의 있게 문장을 해독한다 해도 벌써 이해하고도 마음의 결정을 열두 번쯤은 내렸을 시간이 흐른 후였다. 태경은 초조했지만 자신의 마음을 들키지 않으려 애썼다. 그러나 피자는 손도 대지 않은 채 싸늘하게 식어가고, 콜라는 김이 빠져 밍밍해지고 있었으며, 테이블 밑 태경의 다리는 심하게 떨리고 있었다.

마침내 그녀가 눈을 들어 태경을 바라보았다. 태경은 간절한 마음으로 그녀를 마주보았다. 그러나 그녀의 얼굴에는 표정이 없었다. 태경은 울고 싶은 심정이었다. 굳이 대답을 듣지 않아도 그녀가 무슨 말을 하려는지 알 것 같았다. 태경이 고개를 떨군 채 자기가 먼저 일어서는 게 좋을지, 그녀가 떠난 후 일어서는 게 좋을지 고민하는 동안 시간은 흘렀다. 이러지도 저러지도 못하고 시간만 속절없이 흐르고 또 흘렀다.

태경이 먼저 일어서려고 가방에 손을 막 가져다 대려는 순간, 드디어 그녀가 입을 열었다.

"저기, 오빠. 내가 이런 말은 안 하려고 했는데……."

태경은 아무 말도 듣고 싶지 않았다. 그녀의 입에서 나오게 될 차가운 거절의 말이 몹시 두려웠다. 단칼에 무참히 잘려나갈 자신의 마음이 너무나 처참했다. 심하게 내동댕이쳐진 채 피멍 들 순정한 사랑이 가여웠다. 태경은 그녀의 말을 기다릴 수 없었다. 아니, 기다리기 싫었다. 한 번 거절당하면 그걸로 모든 게 끝이지만 차라리 아무 말도 듣지 않으면 다시 그녀의 마음을 두드려볼 여지는 있을 거라는 생각이 태경의 머릿속을 헤집고 다녔다. 그래서 태경은 단호하게 말하려 했다. 대답은 나중에 듣겠노라고, 그러니 천천히 생각해보라고, 원래 중대한 결정일수록 시간이 많이 필요한 법이라고. 그러나 그녀가 한발 빨랐다. 태경은 질끈, 눈을 감았다.

"오빠가 나 무식하다고 생각할까 봐 이 말을 할까 말까 망설였는데, 세이렌이 뭐야? 사이렌을 잘못 쓴 거 아냐? 그런데 이거 나 왜 보여준 거야? 어디 공모 같은 데 내려고? 오빠 작가 될 거야? 음, 무슨 소린지는 잘 모르겠지만 멋있는 것 같긴 해. 나는 이과라 시 같은 건 잘 몰라. 그런데 이거 너무 짧은 거 아냐?"

태경은 눈을 뜨고 고개를 들어 그녀를 바라봤다. 아름다운 세이렌, 그러나 조금은 무식한 귀여운 마녀가 말갛게 앉아서 태경을 울리고 웃겼다. 태경은 다른 사람들이 이상하게 쳐다보는 것에도, 앞에 앉은 그녀가 무안해하는 것에도 아랑곳하지 않고 큰 소리로 웃어댔다. 마치 너무 웃겨서 그런 것처럼 크게 웃는 사이사이 미안하다는 말을 수도 없이 하면서 손등으로 연신 눈물을 닦아냈다. 그러면서 태경은 생각했다. 다음에는 아주아주 쉽고도 긴 시를 써야겠다고.


#6

부풀어 오른 바다가 몸을 뒤채고 있었다. 평생을 고기잡이로 늙어 온 판근도 이런 날은 바다에 나가기가 두려웠다. 많은 사람들이 이런 날 바다에 나갔다가 다시 돌아오지 못했다. 돌아온 사람들도 바다귀신에게 영혼을 빼앗긴 듯 어느 한 곳이 텅 빈 채 허구한 날 술독에 빠져 사느라 사람 구실을 못했다. 멀리 찾을 것도 없이 판근의 할아버지만 해도 이런 날 바다에 나갔다가 돌아와서 나간이로 비참한 말년을 보냈고, 아버지는 바다에서 영영 돌아오지 못했다.

근심스런 눈으로 바다를 바라보던 판근은 바다에 면한 돌담에 기대어 담배에 불을 붙였다. 바다에서 불어온 바람이 자꾸만 라이터 불을 꺼트렸다. 담 밑에 쭈그려 앉아 붙여보려 했지만 바람은 야속하게도 라이터 불을 자꾸만 꺼트렸다. 이번에는 점퍼 깃을 끌어당겨 바람을 막은 채 불을 붙이려 했으나 판근이 라이터를 켤 때마다 바람은 심술궂은 어린아이가 장난을 걸듯 휙휙 불을 꺼트렸다. 판근은 부아가 치밀어 입에 문 담배를 잡아채 집어던지려다 주머니 속에서 구깃구깃해져버린 담뱃갑에 도로 집어넣었다. 아내 몰래 빼돌린 비상금을 숨기듯 손길이 매우 조심스러웠다.

판근은 저릿한 다리를 주먹으로 툭툭 두드리며 일어섰다. 저도 모르게 '끙' 소리가 났다. 이제는 앉았다 일어서는 것조차 쉽지 않았다. 세월이 갈수록 나이를 먹고, 나이를 먹을수록 몸의 기능이 떨어지는 것은 당연한 이치인데, 그 당연한 이치를 이런 식으로 확인하게 될 때마다 판근은 사는 게 무언가 하여 서글퍼졌다.

판근은 돌담에 팔을 얹고 그 위에 턱을 괸 채 다시 바다를 바라보았다. 거대하게 부푼 바다가 눈앞으로 다가들었다가 일순간 쑥 빠져나가는가 싶더니 다시 눈앞으로 바짝 다가들었다. 소금기에 섞여 옅은 유황냄새가 났다. 지옥의 냄새인 듯하여 판근의 어깨가 저절로 옹송그려졌다. 판근은 나쁜 생각을 애써 떨쳐내려는 듯 머리를 힘껏 가로저었다. 그러고는 옆에 누가 있기나 한 것처럼 자못 큰 소리로 말했다.

"오늘은 늙은 마누라 엉덩이나 차지게 두들겨주고 간만에 진하게 회포 좀 풀어야겠네."

그래도 흥이 나지 않은 판근은 소주 두 병을 사러 마을 구판장 쪽으로 발길을 돌렸다.


#7

'녀석에게 기타를 사주지 말 걸 그랬어. 아니, 기타를 사주더라도 아버지가 잘 때에는 절대로 연주하지 말라고 다짐을 뒀어야 했는데……. 그런 매너쯤은 굳이 말하지 않아도 당연히 알고 있어야 할 상식 아닌가? 에휴, 내가 아들을 잘못 키웠지, 누굴 탓해.'

덕수는 몸을 뒤채며 혼잣소리로 중얼거렸다. 연이은 야근에도 불구하고 요 며칠 계속되는 불면증으로 고생하던 터에 간신히 든 잠이었는데, 녀석이 연주하는 기타 소리에 잠을 깨고 말았다. 아들은 같은 곡을 몇 번째 연주하면서도 처음에 틀렸던 곳을 계속 틀렸다. 그것이 선잠 든 덕수의 신경을 건드렸다. 덕수는 몸을 뒤척이며 빠르게 달아나는 잠의 꼬리를 붙들려 안간힘을 썼지만, 잠은 어느새 왔던 흔적도 없이 말끔하게 사라져버리고 말았다.

덕수는 이불을 머리끝까지 뒤집어썼다. 그런다고 소리를 막을 수 있는 것은 아니어서 녀석이 반복적으로 틀리는 부분이 덕수의 귓속을 바늘끝처럼 예민하게 파고들었다.

'아무래도 저 녀석은 음악적 재능이 없는 거야. 아니고선 저

렇게 틀린 데를 계속 또 틀릴 수는 없는 거지.'

덕수는 자신도 모르게 혀를 끌끌 찼다. 아들의 성화에 못 이겨 기타를 사줄 때 아들이 훌륭한 기타 연주자가 되길 바란 건 아니었다. 그러나 이건 틀려도 너무 틀린다 싶으니까 적잖이 속상했다. 취미로 치는 기타 연주가 어련하겠냐 하면서도 끊임없이 되돌이표가 반복되는 악보를 펼쳐놓은 것처럼 치던 곳을 또 치고 또 치고, 그러면서도 자꾸만 틀리는 아들의 둔재에 부아가 치밀었다.

'기타학원을 보낼까? 기타를 사준 보람은 있어야 하니까. 아니지. 기타를 저렇게 못 치는데 학원을 보낸다고 잘 치겠어? 괜히 배보다 배꼽만 커지겠지. 그래도 학원을 보내는 게 나을까? 혹시 알아? 누군가의 도움을 받으면 숨겨진 재능이 폭발할지. 아냐, 아무래도 이건 오버야. 저렇게 쉬운 곡도 쩔쩔매는데 숨겨진 재능 따위가 있겠어? 싹수가 노래. 저나 나나 괜히 헛고생이라고.'

꼬리에 꼬리를 무는 생각들 때문에 잠기운은 이미 씻은 듯 자취를 감추었다. 그래도 억지스레 잠을 청해보려던 덕수는 바로 누웠다 모로 누웠다 몸을 이리저리 뒤채면서 큰 병 걸린 환자처럼 이불 속에서 끙끙거렸다.

아들의 기타 연주가 처음부터 다시 시작되자 덕수는 간절한 마음이 되었다.

‘오, 이번에는 제발!’

그러나 이번에도 역시 틀렸다. 연주는 다시 처음으로 돌아갔다.

‘어쩜 저렇게 조금의 진전도 없을 수 있지? 수십 번을 쳤으면 한 번은 제대로 쳐야 할 것 아냐. 발가락으로 치는 것도 아니고.’

이불을 뒤집어쓰고 애벌레처럼 꿈틀대던 덕수는 폭발할 지경이 되어 이불을 걷어차고 벌떡 일어났다. 그러고는 약이 바짝 오른 싸움소처럼 더운 콧김을 휙휙 내뿜으며 아들 방으로 뛰어들었다.

“야! 쥐 세븐, 쥐 세븐. 여기 여기 여기, 이렇게 잡고 치면 되는데 왜 그걸 한 번을 못 쳐. 도대체 왜!”

아들이 치고 있던 기타를 낚아챈 덕수는 G7을 띵띵띵 치면서 아들을 심하게 나무랐다. 그러고는 신경질적으로 기타를 돌려준 뒤 아들을 눈알이 튀어나오도록 노려보면서 외쳤다.

“쳐봐!”

기타를 그러안은 아들은 기타줄을 고른 후 곡의 처음부터 치기 시작했다. 폼은 리사이틀 무대 위의 베테랑 연주자 같았다. 그 모습을 보자 덕수는 더욱 화가 치밀었다.

“처음부터 말고 쥐 세븐, 쥐 세븐을 치라고. 잘 안되는 부분을 연습해야 할 것 아냐, 잘 안되는 쥐 세븐을!”

자신의 감정에 취한 듯 덕수는 격하게 흥분하여 고래고래 소리를 질렀다. 그런 덕수를 아들은 말간 눈으로 올려다보았다. 갑자기 나타나서 쥐 세븐, 쥐 세븐하며 방방 뛰는 이유가 뭔지 도무지 모르겠다는 표정이었다. 아들은 그렇게 천진한 얼굴을 하고 덕수를 잠시 올려다본 후 조용조용 말했다.

"아빠, 나도 G7 칠 줄 알아."

덕수는 못 믿겠다는 듯, 그러나 한풀 꺾인 목소리로 아들에게 물었다.

"그런데 왜 자꾸 틀린 데 또 틀리고 처음부터 다시 치는데?"

"틀린 거 아냐. 합주에서 내 부분만 연습하느라 그런 거야."

"합주? 무슨 합주?"

"2학년 중에 기타 잘 치는 애들 몇 명 뽑아서 합주팀을 만들었거든. 이번에 수학여행갈 때 배 안에서 공연할 거야."

덕수는 무안해졌다. 그래도 아버지로서의 체면이 있어서 안 그런 척 근엄하게 조언했다.

"곡을 전체적으로 쳐봐야 그 곡을 이해할 수 있는 거야. 그래야 실력도 느는 거고. 합주는 여러 사람이 하나의 음악을 완성하는 건데 네 부분만 알아서야 되겠니? 어쨌거나 열심히 해라."

아들의 방에서 나와 자신의 방으로 가는 동안 덕수는 뭔가 찜찜한 기분에 사로잡혔다. 과녁을 한참 벗어난 곳에 화살을

쏜 것 같은 느낌이 들었으나 그것이 무엇 때문인지는 알 수 없었다. 자신의 방으로 돌아와 입귀로 웃음을 흘리며 이불을 덮고 누운 덕수는 그제야 아들에게 정작 따져야 할 것이 무엇이 있는지를 깨달았다. 그렇지만 그때는 이미 아들의 기타 연주가 그 어떤 자장가보다 달콤하게 들렸다.

'녀석, 제법이야.'

덕수는 잠꼬대인 듯 웅얼웅얼 혼잣소리를 하며 이불을 목까지 끌어당겼다. 곧이어 덕수의 코 고는 소리가 우렁우렁 울려 퍼졌다.


#8

그녀가 춤을 추면 바람이 보인다. 빨주노초파남보 색색의 바람이 풀려나와 그녀의 배경에 스며든다. 그녀는 너울너울 춤을 추는 한 마리 나비 같다. 아름답다.


#9

아이들의 웃음소리가 종달새처럼 높이 솟는다. 까르르르…… 흐드러져 화사한 벗꽃 아래.

"쌤, 사랑해요!"

두 팔과 두 손, 심지어는 온몸으로 하트를 그리는 아이들이 있고, 그 속에 내가 있다. 터질 것 같은 젊음이, 싱그러운 욕망이, 뜨거운 맹세가 서로 그물처럼 얽혀든다. 아, 우리에게 몸이 있어 얼마나 좋은가. 눈시울에 맺히는 눈물, 두근두근 뛰는 심장, 온몸을 빠르게 두드리는 맥박, 맥박들……. 사랑한다, 사랑한다, 사랑한다. 내가, 너희들을, 너무 많이, 사랑한다.

아이들은 자꾸 웃고, 나는 아이들과 눈이 맞는다. 그 순간 카메라 셔터가 찰칵 소리를 낸다. 나는 그만 흥분하여 기어이 몸속에서 따뜻한 것을 쏟아내고야 만다. 아아, 몸이 있다는 것은 얼마나 좋은 일인가. 흐드러져 화사한 벚꽃 아래 서로 사랑하는 우리들은 얼마나 좋은가.


암전 : 2014년 4월 16일 침몰하는 배, 그리고
생존 172명, 사망 304명,
구조 0명


fade-in / fade-out : 국가는 없었다. 또한
황금의 옷을 두른 거대한 바다괴물이었다. 2014년 4월 16일 한반도의 바다를 지배한 건. 거센 파도도 없이, 비바람을 동반한 뇌성(雷聲)도 없이, 지축을 울리는 격동도 없이, 아무런 징조도 없이 출현한 그것은 세상의 한 조각을 서서히 먹어치우기 시작했다. 전혀 서두를 것 없다는 듯이 느긋하게, 먹이사슬의 정점에 있는 포식자와도 같은 자세로 먹잇감을 물어뜯

었다.

바다괴물의 날카로운 송곳니가 미친 듯이 펄떡이는 피식자의 급소를 파고들었을 때, 푸른 바다가 온통 선홍의 피로 물들었을 때, 그 바다 위로 연약한 살점들이 떠다니고 있을 때, 그때만 해도 나는 세상의 정의를 믿었다. 처음으로 제도로서의 세상과 마주했을 때부터 그때까지, 왼쪽 가슴에서 쿵쿵 뛰는 심장의 박동을 오른손으로 느끼는 것에 자부심을 가졌던 나는 세상의 정의 또한 그렇게 살아서 쿵쿵 뛰고 있을 거라고 믿었다. 그래서 나는 국가가 발 벗고 나서서 저 바다가 더 붉게 물들기 전에 서둘러 찢긴 몸뚱이를 건져 올리고, 상처를 봉합하고, 약을 바르고, 상처 입은 자의 이마를 가만히 어루만지면서 더 일찍 구해주지 못해 미안하다고 할 줄 알았다. 무릇 정의란 그러한 것이니까, 그러한 정의를 구현하는 것은 국가의 책무이니까.

그러나 순진했다!

정의(正義)도, 국가도 관념 속에나 있을 뿐 실재하는 것이 아니었다. 내가 관념을 믿으며 쿵쿵 뛰는 심장을 거머쥐고 국기에 대해 맹세하는 동안 그 관념은 황금의 옷을 두른 거대한 바다괴물을 키워내고 있었다. 바다괴물이 하필 그때 그 바다를 지나가던 배를 공격한 것은 우연적인 일이지만, 오랜 시간 법과 제도로써 무시무시한 괴물의 탄생과 성장을 비호하고 있었다는 점에서 그것은 의도된 우연이었다. 그리고 그 의도된 우연은 내 몫이었을 수도 있었다.

바다괴물이 순정한 것을 먹고 똥구멍으로 더러운 것을 쏟아내는 것을 지켜보았을 때, 나는 경악했다. 그것은 그 자체로도 끔찍했지만, 더 끔찍한 건 그 장면으로부터 내가 끊임없이 거리를 두려 한다는 것이었다. 저 비극은 결단코 내 탓이 아니라 순전히 무능하고 잔인하고 교활한 국가 탓이라고 믿었고, 또 그렇게 믿고 싶어 했다. 의도가 있다면 그건 오로지 국가의 의도일 뿐이라고, 의도된 우연의 희생자가 어쩌면 나였을 수도 있었다고, 나는 절대로 선량하므로 오늘의 이 비극에 대한 책임과는 무관하다고.

처음에는, 억울하고 비참했다. 나는 왜 이렇게 약한가, 나는 왜 이렇게 보잘것없는가, 나는 왜 이렇게 당하고만 살아야 하는가, 나는 왜 국가가 아닌가 하고. 오래도록 울분에 차서 이 거리 저 거리를 쏘다녔다. 국가 없는 무정부주의자로 살겠다고 다짐도 했다. 몇 개의 보험을 해약했다. 아파도 병원에 가지 않았다. 그러나 분노는 수그러들지 않았고, 사는 건 어려워졌다.

시간이 가면 갈수록, 나만 손해라는 생각이 들었다. 국가로부터 완전히 등을 돌리기란 국가에 투항하는 것보다 훨씬 어려운 일이었다. 그것은 국가가 억압적인 권력이어서가 아니었다. 의도된 우연으로 언제든 나의 생명을 앗아갈 수 있는 것도 국가였지만, 법과 제도로서 나의 생존을 보장할 수 있는 것도 국가였다. 이러한 모순 속에서 나는 한동안 괴로웠다.

결국, 생각했다. 나는 다시 국민이 될 것이지만 다시는 애국가를 부르지 않겠다고. 비겁한 나를 견딜 수 없고, 살아 있는 것이 수치스러웠지만 애써 괜찮다, 나를 위로했다.


commentary : 끝이면서 동시에 시작인, 혹은

끝과 시작, 혹은 시작과 끝이 분명하다는 것은 무슨 일인가 일어났다는 것이고, 그 무슨 일인가는 안 좋은 일이기가 쉽습니다. 평범한 일상에 지친 사람들은 언제나 오늘과 다른 내일을 꿈꾸지만, 어제와는 확연히 다른 오늘을 맞았을 때 비로소 깨닫게 되죠. 평범하다는 것이 얼마나 소중한 것인지, 사람의 일생이 평범하기란 얼마나 어려운 것인지를.

일상이 단절된다는 것은 이제까지와는 확연히 다른 세계로 진입한다는 것을 뜻합니다. 삶의 터널, 그 어떤 통과의례도 없이 갑자기 들이닥친 낯선 세계를 맨몸으로 받아들여야 하는 상황에 처하게 되는 것이지요. 그것은 대체로 부재로서의 존재증명인바, 우리의 삶은 순식간에 폐허로 변해버립니다.

2014년 4월 16일, 슬픔이란 말이 무색한 순간이 우리를 강타했습니다. 무수한 날들 중 한 날이었을 그날이 우리의 삶을 날카롭게 쪼개놓았습니다. 벼락이 관통한 듯 우리의 영혼은 온통 새카맣게 타버렸습니다. 그 어떤 상처로도 상징하지 못할 거대한 재난이었습니다.

흔히들 4월 16일 이전과 이후가 달라졌다고 합니다. 그러나 우리에겐 4월 16일 이전과 이후가 있을 뿐입니다. 4월 16일의 그 배에 타고 있었던 건 172명의 생존과 304명의 죽음만이 아니었습니다. 그 배에는 우리의 믿음과, 우리의 기도와, 우리의 기대와, 우리의 사랑과, 우리의 가치와, 우리의 미래가 함께 타고 있었습니다. 더러운 협잡이 우리의 삶을 패대기치고 아무런 죄의식 없이 곳곳을 활보할 때 우리의 일상은 바닷속으로 서서히 잠겨갔습니다. 그리고 우리의 세상 또한 그렇게 잠겨가고 있었습니다. 약간의 선량함만으로도 충분히 살아갈 수 있었던 세계는 이제 어디에도 없습니다. 거대한 흑막이 드리운 듯, 우리의 빛은 사라졌습니다. 이제 우리에게 남은 건 맹목의 껍데기뿐입니다.

그러나 껍데기뿐인 몸일지라도 살아내야 할 이유가 우리에겐 있습니다. 보고 싶다는 말이 얼마나 저리고 쓰라린 말인지, 만지고 싶다는 말이 얼마나 사무친 말인지 느끼게 된 순간 벽력처럼 깨닫게 된 사실. 우리는 한 번도 우리의 뜻대로 살아본 적이 없다는 것, 많은 자유와 권리를 누리고 있다는 허위의식 속에서 살아 왔다는 것, 매일 속으면서 속는 줄도 모르고 살았다는 것, 그리하여 살과 피와 뼈를 나눠준 소중한 존재들이 바다에 잠겨가는 것을 눈을 뻔히 뜨고 지켜보면서도 아무것도 할 수 없었다는 것. 때문에 가슴을 찢으며 통곡하는 동안에도 끝내 죄인일 수밖에 없었던 우리는 온갖 악덕과 자비로운 우연, 스스로 선택한 폭력과 자해에 몸을 던지기도 했습니다. 그러나 더 이상 그렇게 살아서는 안 되는 이유가 우리에겐 있는 것입니다.

이제 우리는 우리의 눈앞을 막아 선 저 거대한 흑막을 찢으려 합니다. 안간힘으로 더듬으며 새로 일어서려 합니다. 단단한 어둠의 틈을 벌려 햇빛 비칠 때, 우리는 일상의 복원이 아니라 일상의 생성을 위해 새로운 벽돌을 찍어낼 것입니다. 삶은 수사(修詞)가 아니므로, 4월 16일 이후를 위해 우리는 4월 16일 이전을 과감히 버릴 것입니다. 그리하여 거대한 슬픔의 반석 위에 정의의 집을 짓고 젖은 영혼들을 건져내어 그들과 함께 진짜 세상을 살아갈 것입니다. 그것이 껍데기뿐인 몸으로라도 기필코 살아내야 하는 이유입니다.

# 사랑,
# 입니다

김대현 문학평론가

## 1.

사랑에 대해 묻고 있는 한 사람이 있다. 사실 그리 낯선 질문은 아니다. 어쩌면 인류의 시작과 함께한 질문인지도 모른다. 시대를 경유하며 동일한 질문이 지속적으로 반복되는 것에는 이유가 있다. 이는 그 질문에 대한 지금까지의 답변이 묻는 사람에게 어떠한 해결책도 주지 못했다는 것을 의미한다. 여기에 기술될 응답도 마찬가지 운명에 처할 것이다. 그러니 대답하기에 앞서 이의 소박한 변명으로 사랑에 대한 탁월한 우의로 이야기를 시작하도록 하자.

플라톤의 대화편 『향연』에서 소크라테스는 사랑의 신 에로스의 기원에 대해 이야기한다. 아프로디테가 탄생하자 축제가 열리고 모든 신들이 초대를 받는다. 그 대상에는 풍요의 신 포로스(Porus)와 궁핍의 신 페니아(Penia)도 있었다. 포로스는 언제나처럼 신들의 음식과 술을 마음껏 먹고 잠이 든다. 하지만 페니아는 그 명성답게 음식이 다 떨어진 후에 축제에 도착해 아무것도 먹지 못한다. 허기에 시달리던 페니아는 자신의 운명을 한탄하다 술에 취해 아무렇게나 널부러진 포로스의 모습을 보고 한 가지 계책을 떠올린다. 풍요의 신과의 동침이 그의 결핍을 채울 수 있을 것이라 생각한 것이다. 그렇게 태어난 것이 바로 사랑의 신 에로스다. 그러므로 에로스는 풍요와 결핍이라는 두 신의 속성을 모두 갖추고 있다. 때로는 인간의 감정을 고양시켜 충일하게 하지만 때로는 끝없는 비관에 빠지게 하는 것이 바로 사랑인 것이다. 이에 따를 때 사랑은 풍요와 결핍이라는 서로를 배반하는 양극단에 위치한 개념이 하나의 단어 안에 병존하는 불합리한 개념이다. 사랑을 정의내리는 모든 시도가 언제나 아포리아(aporia)에 빠지는 이유이다. 두 개념의 사이에 산재되어 있는 의미들이 언제든지 사랑의 의미망에 포섭될 수 있는 것이다.

하지만 이와 같은 사랑에 대한 응답불가능성에도 불구하고 우리는 끊임없이 사랑의 담론을 이야기한다. 어림하기는 어렵지 않다. 알 수 없기 때문에 알려 하는 것이 그렇다. 자신의 생래적 결핍을 인지하고 언제나 지혜를 갈급하는 애지자(愛智者)로서 에로스의 속성이 바로 그러한 것이다. '이것이 사랑이다'라고 단정하는 사람을 쉽게 믿지 못하는 까닭이기도 하다. 자신이 기술하고 있는 현상들에 대하여 『사랑, 입니까?』라고 묻는 이 소설집은 그래서 더 믿음직스럽다. 인식을 위해 형체를 갖추는 순간 그 존재를 잃고 사라지는 '혼돈'의 우화처럼 사랑 또한 그 현상을 규정하려고 애쓰는 순간 반드시 실패하고야 마는 현상이기 때문이다.

## 2.

사랑에 대해 묻는 이 소설집에서 아무래도 가장 먼저 들어오는 건 페니아의 흔적들이다. '나'는 "사람을 죽이려 한다"(9면)는 조금은 수상한 독백으로 시작하는 「무늬」를 먼저 살피자. 간병인으로 활동하는 '나'는 호흡과 눈 깜빡임 같은 기초적인 생명의 징후만 남긴 채 여타의 신체활동이 정지된 '그'를 담당하게 된다. '그'는 20년 전에 사랑을 나누던 '나'의 연인이었지만 지금의 '그'는 아내와 아들을 비롯한 가족이 있다. '나'는 다시 만난 '그'에게 여전히 사랑을 느끼며 감각을 잃은 그의 신체에 이와 손톱 등을 사용해 '나'만의 "무늬"를 새긴다. 하지만 아내는 그러한 사실을 알지 못한다. 아내는 '그'가 하루라도 빨리 세상을 떠나기를 바라기 때문에 그의 신체에 어떤 일이 있는지 신경을 쓰지 않는다. '나'는 그러한 아내의 소망을 인지하면서도 "그를 죽이는 일이 그녀를 위한 일이어선 안 된다."(30면)며 아내와 다른 의미에서 '그'를 죽이려 한다. '그'의 죽음이라는 동일한 목적을 가지고 있음에도 '그'를 사랑했던 두 사람의 태도가 다른 까닭은 무얼까? 이는 아래 인용하는 '나'의 진술에서 추론할 수 있다.

> 지금, 나는 조금 불행하다고 느낀다. 아무도 없는 집에 남과 여, 단둘이서 하루 종일을 보내는데도 전혀 소문이 나지 않는 관계가 불편하다. 내가 품은 감정과 상관없이 고요히 흘러가는 시간들. 20년 전의 내 마음과 지금의 내 마음이 달라지지 않았는데, 지금의 내 마음은 전혀 죄가 되지 않는다. 그를 홀딱 벗겨놓고 아무리 주물러도 누구 하나 나를 탓하지 않는다. 나는, 그가 없는 지난 20년의 세월보다 지금이 훨씬 더 고독하다. (21면)

조금 더 자세한 설명을 위해 헤겔의 논의를 잠깐 빌리자. 그에게서 비롯된 철학적 전통에서 확인할 수 있듯이 존재는 인정투쟁의 과정에서 자신의 존재에 대해 반드시 타인의 승인을 필요로 한다. 타인의 시선이 미치지 못하는 한 나는 나의 실존에 대해 어떠한 유효한 근거도 가지지 못한다. 나는 그를 인지하지만 그가 나를 인지하지 못한다면 그에게 나는 유령에 지나지 않는다. 하물며 그 인지가 존재에 대한 단순한 승인을 넘어 누군가의 욕망의 대상이 된다면 이것은 존재론적 축복의 다른 말이 아닌 것이다. 사랑이 우리를 충일하게 하는 까닭도 여기에 있다. 욕망의 주체인 내가 곧 욕망의 대상이 되고 그 역도 마찬가지일 때, 서로의 상호작용을 통해 서로의 존재가 고양되는 것이다. 문제는 '나'의 존재가 더 이상 '그'의 승인이 불가능하다는 데 있다. "아무리 격렬하게 빨아도 꿈쩍하지 않는"(11면) 그의 성기처럼 이지(理智)를 잃은 '그'에게 있어 '나'는 존재가 아니라 무(無)에 지나지 않는다. '그'의 욕망의 대상이 되기를 기다리는 '나'의 욕망은 영원히 충족될 수 없는 것이다. 하지만 아내는 다르다. 오랜 기간의 공백으로 '그'의 승인을 상실한 '나'와 달리 아내는 이미 자신의 존재를 '그'의 삶에 새겨 놓았다. 그래서 아내는 어떠한 욕망의 결여없이 '그'를 보낼 수 있다. 이제 "그의 몸에 새겨질 마지막 무늬는 결단코 사랑의 무늬여야만 한다."(30면)는 '나'의 독백을 어느 정도 이해할 수 있을 것이다. 영원히 충족불가능한 욕망으로 고통받는 '나'의 존재가 승인될 수 있는 유일한 길은 '그'의 목숨을 거둠으로써 '나'의 존재를 '그'의 생명 자체에 새기는 것이기 때문이다. 사랑이 도착증으로 전화하는 순간이다.

　욕망의 대상이 되고 싶지만 그 불가능성으로 인해 결핍된 욕망의 주체의 서사는 「오래전 애인이 안부를 물을 때」에서도 만날 수 있다. '나'는 찜질방에서 대학시절 오래전 마음에 두었던 '선배'와의 인연을 회고한다. 운동 서클에서 함께 활동하는 '나'와 '선배'는 서로에게 호감을 가진다. 하지만 '나'와 선배의 사랑은 이루어지지 못한다. 이유는 두 가지다. 하나는 둘이 '동성동본'이라는 것, 또 하나는 '연애금지'라는 조직의 강령이다. '나'는 총학생회 선거에 출마한 '선배'에게 "제도가 무서워서 자기 마음 하나 똑바로 보지도 못하면서 도대체 뭘 바꾸겠다는 거예요?"(46면)라고 항의하거나 선배와 함께라면 "나는 조직의 강령보다 더한 그 무엇이라도 배신할 수 있는 사람"(55면)이라고 독백해보지만 결국 제도의 압력을 이기지 못하고 두 사람의 관계는 종료된다. 하지만 여기서 말한 내용이 이 소설이 말하고자 하는 바의 전부는 아니다. 그렇다면 이 소설은 주변의 압력에 용기를 내지 못해 사랑을 이루지 못한 사람들이 후회하는 흔한 이야기로 끝날 것이다. 중요한 것은 후회로 점철된 그런 흔한 이야기들이 왜 지속적으로 반복되는가에 있다. 그리고 찜질방을 시끄럽게 뛰어다니던 (동성동본으로 추정되는 가정에서 태어난) 아이의 욕망을 빌린 소설의 대답은 이렇다. "식혜나 수정과로는 도저히 대신할 수 없는 망고 슬러시"(54면)처럼 어떤 종류의 욕망은 결코 다른 것으로 대체될 수 없는 것이라는 것이 그러하다. 과거와 지금, 그리고 앞으로도 '나'의 결핍을 충족시킬 수 있는 사람은 오직 '선배'밖에 없는 것이다. 그건 지난 시간 '선배'를 사이에 두고 사랑의 라이벌이었던 '나'의 '친구'에게도 마찬가지다. 요컨대 누구에게나 사랑이 추구하는 욕망의 대상은 아무나가 아닌 단 하나의 '그' 사람이라는 이야기다.

「관계의 지정학」도 욕망의 대상이 되지 못한 주체가 등장

한다는 점에서 앞서의 작품과 마찬가지다. 하지만 그 불가능에 대한 배경은 다르다. 전자가 그 충족이 가능하지만 그를 둘러싸고 있는 사회적 관계망으로 인한 후천적 불능이라면 후자는 애초에 욕망의 대상으로 성립할 수 없는 원시적 불능에 해당한다. 예컨대 이런 것이다. 어느날 '나'는 회사 동료인 '그'가 자신의 성적지향에 대해 아웃팅을 당한 것을 알게 된다. 회사의 다른 동료들은 "남자나 여자나 마찬가지"(63면)로 아무 거리낌없이 "꼴에 사랑하는 사이"(65면)라며 '그'의 성적지향을 비하하고 조롱한다. '나'는 그 폭력에 동참하지 않지만 '그'에 대해 적극적으로 저항하지도 않는다. 그들이 '그'를 혐오하는 이유는 다음의 '나'의 진술에 있다. "나는 절대 인정하고 싶지 않았다. 그가 나를 사랑할 일은 영영 없을 거라는 사실을."(83면) 그리고 이 진술은 시원적으로 누군가의 욕망의 대상이 될 수 없는 소수자들이 공동체 내부에서 어떻게 혐오의 대상으로 전화하는지 가장 명료하게 보여준다. 스피노자는 사람은 자신에게 즐거움을 주는 대상은 사랑하고 슬픔을 주는 대상은 미워한다고 말한다. 요컨대 (우연에 따라 달라질 수 있지만) 욕망의 대상이 될 수 없는 것은 사랑의 대상이 될 수 없는 것이다. 여기에서 퀴어에 대한 혐오가 발생한다. 자신을 욕망의 대상으로 생각하지 않거나 또는 욕망의 대상으로 생각하지만 자신이 결코 수용할 수 없는 사랑에 대한 미움이 그러하다. 물론 이것은 부조리하다. 아직 실현되지 않은 가능성의 영역에서 누군가에게 그 책임을 전가하는 것은 적절하지 않은 것이다. 하지만 적절성 여부와 무관하게 잔인하게도 세계의 다수는 그렇게 구성되어 있다. '나'는 "다 죽어버려라!!!"(89면)며 이를 정당화하는 세계를 혐오하지만 '그'의 존재를 승인하지 않고 "유령 취급"(86면)하는 세계에 대해 아무것도 할 수 없는 자신을 혐오하며 "㉯ 죽어버려라!!! ←"(86면)라며 사회의 압력에 굴복한다. 사랑이 가지는 최악의 부조리도 여기에 있다. 사랑은 자신이 포섭할 수 없는 존재들에 대해 얼마든지 잔인해질 수 있는 것이다.

3.

페니아가 자신의 결핍을 채우기 위해 포로스에게 다가간 것처럼 사랑은 결여에서 시작한다. 그럼에도 그 부족함이 끝내 채워지지 않을 때 사랑은 다른 것으로 전화한다. 하지만 모든 사랑의 끝이 파국으로 향하는 건 아니다. 그렇다면 아무도 사랑을 하지 않을 것이다. 잊지 않았을 터이지만 사랑은 풍요의 자식이기도 한 것이다. 그럼 사랑은 어떻게 결여된 주체를 승인하고 그 욕망을 충족시키는가. 이에 대한 하나의 응답이 「아름답다」에 있다. '나'는 심야를 주행하는 버스 안에서 엄마의 젊은 시절을 떠올린다. 대학교수를 남편으로 둔 엄마는 밤낮으로 노동에 시달리는 동네 아낙네들과 달리 아직 미모를 유지하고 있다. 엄마는 그들에게 '사모님'으로 불리며 종종 질시어린 욕망의 대상이 되기도 한다. 한 가지 아쉬운 점은 엄마가 좀처럼 웃지 않는다는 것이다. 이는 아빠와의 관계에서도 마찬가지다. 그리고 엄마에게는 나와 공유하는 한 가지 비밀이 있다. 한 달이나 두 달에 한 번 '나'와 함께 외간 남자를 만나고 돌아오는 것이 그러하다. (이것은 비밀의 공유라기보다 공범으로서의 의식을 가지게 하는 것이다.) '나'는 그 남자와의 만남에서 평소 엄마가 웃지 않는 이유를 드디어 깨닫게 된다.

"정연아."

그 남자의 목소리는 달콤했다. 이제는 아무도 부르지 않는 엄마의 이름을 그 남자는 마치 제 것인 양 아무렇지도 않게 불렀다. 나는 처음 들어본 것처럼 엄마의 이름이 낯설기만 한데, 그 남자는 너무나 당연하게 엄마의 이름을 불렀다. 정연아, 그 남자가 부를 때마다 엄마의 머루빛 눈동자가 점점 깊어졌다.

아빠는 왜 엄마의 이름을 부르지 않을까? 저 남자처럼 다정하게 정연아, 이름을 부르고 '세상에서 네가 제일 예뻐.'라고 말한다면 엄마가 무척 좋아할 텐데. 정연아, 이름을 불러주는 아빠에게 활짝 웃어줄 수도 있을 텐데. 아빠는 그것을 왜 모를까? 네 아빠는 원래 그런 사람이야. 예전에 했던 엄마의 말이 무슨 뜻인지 조금은 알 것도 같아 가슴이 너무 아팠다.(104~105면)

　조금은 길게 인용한 이 문장들에서 우리는 결여된 주체가 어떻게 자신의 욕망을 충족하는지 알 수 있을 것이다. 다시 논의를 하겠지만 어떤 이의 이름을 부른다는 것은 특별한 의미를 가지고 있다. 마르크스의 통찰에 따르면 우리의 정체성은 사회적 관계의 총합으로 나타난다. 엄마 또한 마찬가지다. 교수의 아내이자 사모님, 그리고 '나'의 엄마라는 것 등이 모여 엄마라는 존재를 이루는 것이다. 문제는 여기에 있다. 앞에 나열한 지칭들은 결국 '엄마 그 자체(그것이 실제로 있느냐는 철학적 문제는 차치하고라도)'를 지시하는 것이 아닌 누군가와의 관계를 지칭하는 것이다. 이 관계들에서 엄마는 그 자신으로 존재하지 않으며 언제나 부분적으로 승인될 뿐이다. 동네 아낙네들이나 아빠와의 관계에서 엄마가 웃을 수 없는 이유다. 하지만 "정연"은 다르다. 이 지칭은 관계가 아닌 존재를 직접 호명한다. 엄마의 욕망이 온전히 충족되는 순간이다. 이는 그 남자와의 만남이 종료된 후 동네 아낙네들과의 모임에서 다시 나타난다. 모임에서 엄마는 이전과 달리 아낙네들과 함께 푸성귀를 다듬거나 콩을 타작하기도 한다. 그 과정에서 엄마는 '사모님' 대신 '수연이네'*라는 이름을 받는다. "수연이네가

---

* "수연이네"는 이른바 '자칭(子稱;pedonymic)'으로서 얼핏 생각하면 딸과의 관계를 지칭하는 표현처럼 생각되지만 성인의 이름을 직접적으로 부르는 것을 삼가는 피휘(避諱)의 관습을 고려한다면 "정연"과 마찬가지로 정연의 존재 그 자체를 지칭하는 고유명이라 볼 수 있다.

된 엄마는 어디서나 잘 웃고 잘 떠들었다."(109면)는 '나'의 진술도 동일한 맥락이다. 요컨대 도구나 수단으로서의 관계가 아닌 자신의 존재 그 자체로 누군가의 사랑의 대상이 될 때 인간은 충족될 수 있는 것이다.

욕망하는 대상의 고유성을 발견하는 것이 사랑의 가장 주요한 요건임을 확인하는 것은 「비밀」에서도 크게 다르지 않다. '나'는 노인들의 생애를 구술을 통해 채록하는 공공 프로젝트의 일원이다. '나'는 프로젝트의 기획자임에도 불구하고 동료들에 비해 작업의 진도가 나가지 않는다. 다른 노인들과 달리 매칭의 대상이 된 할머니가 협조적으로 행동하지 않기 때문이다. '나'는 할머니의 환심을 사기 위해 먹을 것을 사다 바치지만 할머니는 "사람 마음 얻는 게 어디 그리 쉬운 일인 줄 알어?"(180면)라는 말과 함께 '나'를 다그친다. 이후로도 나는 갖은 아양을 부리며 할머니를 구슬리지만 할머니는 꿈쩍도 하지 않는다. '나'는 할머니들은 원래 연속극을 좋아한다며 화두를 건네지만 할머니는 오히려 다음의 문장과 같이 이야기를 하며 화를 낸다.

늙은이들이 비슷비슷하게 생겼다고 다들 그저 그렇게 사는 것 같지? 늙은이들은 처음부터 늙은이로 태어나서 늙은이로 사는 사람 같고. 쯧쯧, 이 세상에 원래 그런 게 워디 있다고.(184면)

그렇다. 할머니가 협조적이지 않은 이유는 여기에 있었다. 그동안 '나'가 상대한 건 고유한 특성을 가진 개별적 존재로서의 할머니가 아닌 '나'의 선입관으로 설정된 할머니의 이데아에 지나지 않는 것이다. 그리고 이는 프로젝트를 마친 이후 "잘 갔는가? 나여. 김말순."(189면)으로 시작하는 할머니의 편지에서 더욱 명료하게 드러난다. 할머니의 말처럼 세상에는 "사이다 못 먹는 할망구도 있"(180면)는 것이다. "나는 '할머니'란 이름 뒤에 숨겨진 '김말순 씨'를 여태 못 알아봤던 거였다."(191면) 다시 말해 누군가를 사랑한다는 것은 종으로서의 특성이 아니라 단 하나의 고유성을 이해해야 한다는 것이 사랑을 유지할 수 있는 '비밀'이라는 이야기다.

그래서 「오십 번지 서쪽」은 사랑의 모순에 대한 하나의 우화처럼 들린다. 옛날이야기인지 아닌지 모르지만 어쨌든 오십 번지에 있는 집에 유성식, 김간난, 이입분이 살고 있었다. 서로에 대한 호칭으로 미뤄보면 이들의 관계는 매우 복잡해 보이지만 사실 그 구조는 무척 간단하다. 김간난과 혼인 관계인 유성식이 이입분을 첩으로 들인 것이다. 유성식의 죽음으로 시작하는 서사는 이후 애증관계에 있는 김간난과 이입분의 대화로 진행된다. 단순한 신세한탄으로 여겨졌던 둘의 대화는 조금씩 시간이 흐르며 충격적인 진실이 드러난다. 서로 죽고 못살았던 사이였던 유성식의 죽음에 두 사람이 공모하였으며 이후 두 사람이 동반자살을 시도한다는 것이 그렇다.

흥미로운 것은 그들이 공모에 이른 이유다. 소설은 이를 직접적으로 다루지 않고 흐릿하게 처리한다. 하지만 "내가 제일 좋았던 때는 언제였소?"(153면)라는 이입분의 물음에 "썩을 년. 네년이 좋을 때가 한 시라도 있었겠냐?"(153면)라는 김간난의 응답을 통해 어떻게든 이를 추리해 볼 수 있을 것이다. 다시 스피노자를 빌리자. 상기한대로 스피노자는 인간은 이로움을 주는 대상을 사랑하고 해를 주는 대상은 미워한다고 말한다. 그렇다면 욕망의 주체이자 대상으로 상호연결된 유성식과 김간난, 유성식과 이입분의 관계는 사랑의 관계이며 반대로 유성식과의 사랑을 방해함으로써 서로에게 슬픔을 주는 김간난과 이입분의 관계는 미움의 관계가 된다. 문제는 이러한 도식을 따를 때 사랑의 요건인 존재의 고유성이 훼손된다는 점에 있다. 유성식은 두 사람을 공평히 사랑했다고 생각하지만 김간난과 이입분에게 그것은 절반의 충족에 지나지 않는다. 김간난과 이입분은 유성식을 통해 충족될 수 없는 사랑의 불가능성으로 동일한 고통을 겪는다. "괜히 언니 마음고생만 시켰소."(158면)라는 이입분의 위로에 "망할 놈의 영감탱이, 집에 들이지만 않았지 여자가 어디 너하고 나 둘뿐이었겠느냐?"(159면)라는 김간난의 응답이 그 예증이다. 다시 말해 전치된 사랑의 욕망은 동일한 결여에 대한 통각의 공유를 통해 새로운 사랑을 가져오게 하는 것이다. 이러한 우연에 의해 사랑은 미움으로, 미움은 사랑으로 전화한다. 욕망의 주체들로 구성된 삼각형에서 하나의 꼭지점을 중심으로 둘 이상의 동일한 층위의 욕망의 대상에게 사랑이 균등하게 분배되리라는 "이등변삼각형"(144)면은 환상 속에서나 존재하는 것이다.

4.

지금까지의 논의들이 결여에서 충족으로 이어지는 사랑의 과정에 대한 물음들이었다면 여기서 이야기할 내용들은 충족에서 다시 결여로 이어지는 과정이다. 하지만 이때의 결여는 앞서와는 분명히 다르다. 전자의 결여가 본래부터 비어 있었던 것이라면 후자의 것은 무언가를 채우고 있던 것이 사라진 상태이다. 언제까지나 함께하리라 믿었던 대상의 상실은 우리를 깊은 슬픔에 빠지게 한다. 그것이 사랑이라면 더욱 그러할 것이다. 일상화된 사랑의 부재는 우리의 일상을 유지할 수 없게 하는 것이다. 우리가 애도의 과정을 거치는 까닭이다. 요컨대 지난하고 복잡한 사랑의 과정에서 그 도착점은 결국 애도라는 이야기다.

「침몰」은 우리가 알고 있는 소설의 형식과 조금 다르다. 물론 소설의 형식을 특정한 범위 내의 글쓰기로 제한할 수 있다는 말은 아니다. 하지만 더 익숙한 형식의 글쓰기가 있을 때 그것을 떠올리는 건 자연스러운 일이다. 「침몰」은 매 사건의 단위마다 각각의 등장인물들이 서로의 연계 없이 독립적으로 행위하는 옴니버스 형태의 이야기로 진행된다. 유의할 것은 이 사건의 단위가 변경될 때마다 각 사건에 영화용어의 '씬(scene)을 의미하는 기호 '#'을 부착한다는 것이다. (이는 이후 소설의 진행이 일반적인 우리의 믿음과 다르게 진행될 것이라는 것을 암시한다.) 아들, 엄마, 아내, 연인, 어민, 아빠, 선생의 역할을 수행하는 이 인물들은 일상에서 이루어지고 있는 다양한 삶의 양상을 표상한다. 서로 무관한 사람들의 일상을 나열하고 있는 소설의 의도는 비교적 명료하다. 이들이 특수한 사건에 휘말린 예외적 인물들이 아니라 일상을 살아가는 사람이라면 언제든지 어느 누구라도 이 사건에 연루될 수 있다는 것이 그러하다. 이들의 이름은 언제든지 우리의 이름으로 대체되어도 무방하다는 이야기다. 그리고 소설은 "암전 : 2014년 4월 16일 침몰하는 배, 그리고"(237면)라는 자막과 함께 '침몰'을 안내한다. 여기서 소설은 우리에게 친숙한 소설의 형식을 벗어던진다. 소설가의 대리인으로서의 화자가 아닌 소설가의 육성이 우리의 귀에 직접 들리는 것이 그러하다. 사건에 대한 자신의 성찰을 평서문의 형태로 읊조리던 소설가는 이후 소설의 페이지를 찢고 나와 읽는 이에게 직접 경어로 된 웅변의 형태로 "우리의 눈앞을 막아 선 저 거대한 흑막을 찢으려 합니다."(242면)라는 선언을 통해 이 사건에 대해 침묵하지 않겠다고 다짐하며 마무리 된다. 이제 우리는 하나의 질문을 얻을 수 있다. 소설가는 왜 마지막까지 참지 못하고 소설의 형식을 무시하면서까지 자신의 육성을 드러내고 있는가?

이 질문에 대한 응답은 「그럴 리가 없습니다」에서 찾는 것도 좋을 것이다. '나'는 어린 시절 개를 키운 적이 있다. "1년 하고도 두 계절"(198면)을 함께 지내며 '나'는 서로 교감한다는 것을 느꼈다. 그리고 사건이 벌어진다. 아버지가 동네 사람들과 함께 개를 잡으러 간 것이다. "꼬리를 흔들며 아버지를 따라"(200면)간 개는 다시는 돌아오지 못한다. 이는 '나'에게 어린 시절의 트라우마로 남는다. 성장한 '나'는 그림을 그리는 애인을 만나지만 소통의 문제로 그와 헤어짐을 결심한다. 그리고 헤어지기 전, 다시 돌이킬 수 없는 하나의 사건이 벌어진다. 침몰하는 배에 탄 애인이 끝내 나오지 못한 것이다. '나'는 애인이 없는 고통 속에서도 그와 헤어지지 않았음을 감사한다. 과거의 그가 가지고 있던 선함과 사랑이 오히려 '나'를 지탱하고 있는 것이다. 그리고 또 하나 '나'를 견디게 하는 것이 있다.

어머니는 슬픔에 빠진 나를 여전히 위로하고 있습니다. 그리고 한 번도 보지 못한 나의 애인을 함께 그리워합니다. 어머니를 볼 때마다 나는 생각합니다. 이 나라는 아줌마들 덕분에 지탱되는 것이라고. 그네들이 지닌 공감의 힘은 그 어떤 권력보다도 강합니다.(214~215면)

아리스토텔레스는 비극에 몰입하는 원인으로 '연민'(eleos)과 '공포(phobos)'라는 두 감정을 제시한다. 여기서 연민은 단순히 불쌍하다는 감정이 아닌 누군가의 슬픔이 자신에게 전이되는 것 같은 느낌을 말하며 공포 또한 그가 겪는 고통이 언제든지 자신에게 닥칠 수 있다는 감정을 말한다. 다시 말해 비극은 누구에게나 발생할 수 있으므로 우리는 그들의 고통에 공감해야 한다는 것이다. 이제 공감의 기능을 이해할 수 있을 것이다. 우리는 공감을 통해 타인의 아픔을 이해할 수 있으며 앞으로 그런 비극이 다시 발생하지 않도록 예방에 주의를 기울인다. "공감의 힘은 그 어떤 권력보다 강합니다."라는 진술도 동일한 맥락이다. 요컨대 '나', 아니 우리 모두는 반복되는 사랑의 결여에도 불구하고 잃어버린 대상에 대한 애도와 애도하는 사람에 대한 공감을 통해 우리의 삶을 유지해 나가고 있는 것이다.

이제 앞서의 물음에 답하자. 거의 모든 소설의 양식에서 소설가는 자신의 육성을 은폐한다. 이는 (너무나 당연시 되어 명시적으로 언급되지 않지만) 소설의 주요한 요소이면서 때로는 전제로 여겨지기도 하는 허구성에 기인한다. 허구성을 바탕으로 소설은 인물들과의 거리감을 통해 사건에서 그들의 행동을 규율하는 원리를 각자의 입장에서 묘사할 수 있다. 이를 통해 소설은 가능한 여러 사실들의 경합을 통해 읽는 이를 하나의 진실로 유도한다. 하지만 어떤 사건은 허구성을 구축하는 것 자체로 소설의 윤리에 대한 하나의 물음이 된다. '아우슈비츠 이후에 서정시는 가능한가'라는 물음처럼 어떤 사건이 내포하고 있는 진실이 긴급히 요청되고 있음에도 불구하고 우회를 통해 진실을 흐리거나 그에 대한 대안적인 해석들을 전시하는 것 자체가 윤리적이지 못하다고 판단될 때 우리는 소설의 윤리에 대해 고민하게 되는 것이다. 세월호 참사 또한 이런 종류의 사건이다. (물론 언젠가는 이 사건 또한 거리를 둘 수 있는 시간성이 생길 것이다.) 그리고 여기서 소설가가 선택한 것은 사실의 경합이 아닌 진실의 추동이다. 코멘터리 또는 내래이션의 성격을 가진 날것의 목소리로 국가의 책임을 묻고 사회적 공감을 요청하는 각 소설의 마지막 부분은 이의 방증처럼 보인다. 소설가는 이를 회피할 수 있는 충분한 역량이 있음에도 굳이 이를 숨기지 않는다. 그래서 이 소설들은 그들이 보여주었던 생의 약동을 기억하고 그들의 존재를 사후적으로라도 승인하기 위한 소설가의 증언처럼 보인다. 사랑을 잃은 사람들에 대한 소설적 공감은 가끔 이런 특별한 형상으로 나타나기도 한다.

　지금까지 소설을 함께 읽으며 우리는 사랑의 종착지에 애도가 있음을 확인했다. 하지만 여기에는 아직 미진한 지점이 있다. 프로이트를 따를 때 애도는 부재하는 대상에 대한 작업이 아니라 사랑의 대상을 잃은 '나'에게 행하는 작업이기 때문이다. 다시 말해 애도는 이제는 돌아올 수 없는 '그'의 흔적을 '나'에게서 지우는 것이다. 하지만 그래도 괜찮은 걸까? 그렇다면 멈춰진 시간에 남겨진 그들은 어떻게 되는 것일까? 「복수가 이쯤은 되어야지」의 서사를 이끌어가는 미애는 시어머니 집에 묵다 한밤 중에 재래식 화장실에 갇힌다. 아무리 용을 써도 나갈 방법을 찾지 못한 미애는 초등학교 시절 가장 친한 친구였던 서영이가 화장실에 빠진 사건을 기억한다. 감수성이 예민하던 그때 미애는 부끄러워하는 서영이를 외면했었다. 하지만 서영이가 화장실에 빠진 데에는 이유가 있었다. 암 투병을 겪는 어머니가 준 신발을 화장실에 빠뜨려 그걸 찾다 사달이 난 것이다. 나중에 이 사실을 알게 된 미애는 지금 자신이 겪는 고난이 어쩌면 그때 서영이의 복수가 아닌가라고 생각한다.

'서영아, 정말 미안해.'

(…)

미애는 진심을 담아 미소 지었다. 너울거리는 서영이의 환영이 마주 웃어주는 듯했다. 다 안다고 말해주는 듯한 저 웃음. 괜찮다고, 이젠 다 괜찮다고 다독여주는 듯한 서영이의 미소였다. 그때 뒤늦게라도 서영이의 이름을 불렀다면 미애를 향해 분명히 지어 보였을 서영이의 미소였다. 이제라도 불러줘서 고맙다고 말하는 서영이의 미소였다.(135~136면)

그렇게 자신이 가장 사랑하는 친구가 입은 상처가 무엇인지를 직면했을 때 미애는 과거로 돌아가 비로소 서영이를 만나게 된다. 거기에는 수치심 때문에 미래로 한걸음도 나아가지 못한 소녀가 서 있었다. 그리고 그 맞은 편에는 친구를 위로하지 못한 것을 후회하는 또 한 소녀가 있었다. 그렇게 두 소녀가 서로를 위로하며 손을 잡을 때 지금까지 유예되었던 두 사람의 시간이 함께 움직이는 것이다. 그러니까 어쩌면 사랑하는 대상에 대한 진정한 애도란 이런 것인지도 모른다. 그 시간에 남겨진 사람들의 흔적을 지우는 것이 아니라 그가 남긴 모든 자산과 부채를 승계하여 마지막까지 함께 나아가는 것이 그러하다. 그렇게 사랑은 영원히 지속된다.

5.

마지막으로 다른 또 하나의 우의를 통해 다시 사랑에 대해 응답하도록 하자. 연인으로 보이는 두 사람이 있다. 여성이 나지막한 목소리로 남성에게 묻는다. '네가 사랑을 알아?' 여성이 던진 화두에 고민하던 남성은 인터넷에 접속해 사랑이 무엇인지 검색한다. 그 결과는 무려 10만 건을 훌쩍 넘어선다. 그 많은 사랑에 대한 설명 중에 자신이 생각하는 사랑이 있는지 궁금해 하는 남성의 모습으로 광고는 마무리된다. 어떤 포털사이트를 업계 1위로 만든 광고의 내용이다. 그리고 여기에 사랑의 함정이 있다. 남성이 아무리 검색을 한다고 해도 결코 여성이 묻는 사랑을 찾을 수 없을 것이다. 여성이 묻는 것은 사랑의 보편성이 아니라 그 둘에게만 전유된 단 하나의 고유한 사랑이기 때문이다. 그에게 필요한 것은 다른 사람들의 경험이 아닌 오직 그녀에게만 적용될 수 있는 단 하나의 새로운 사랑이다. 그러므로 그가 그녀의 사랑을 얻기 위해 포털사이트의 검색에 의존하는 한 그는 계속 답을 내는 것에 실패할 것이다. 그렇다면 우리는 여기서 하나의 결론을 잠정적으로 도출할 수 있다. 사랑은 정의될 수 없는 개념이며 우리가 알고 있는 사랑의 양상은 그동안 역사를 통해 기술된 사랑의 총합이라는 결론이 그렇다. 사랑은 닫힌 개념이 아닌 것이다. 사랑은 앞으로도 발견되고 기술될 것이다. 여기에 기술된 유쾌하면서도 슬픈, 아름다우면서 때로는 추한 모든 사랑의 양상들처럼 말이다.

처녀는 청년과 선을 본 후 서울로 도망쳤다. 집안 어른의 소개로 처음 청년을 본 처녀는 '뽀얗고 통통한 사람이구나.'라는 생각 말고 별다른 생각은 들지 않았다. 하지만 청년은 달랐다. 청년은 처녀를 보자마자 첫눈에 반해버렸다. 집으로 돌아온 청년은 대청마루에 옹기종기 모여앉아 선 본 결과를 기다리고 있던 집안 어른들께 '그 처녀가 아니면 절대 혼인하지 않겠다.'고 선언했다. 반면 처녀는 이렇다 저렇다 말이 없었다. 처녀가 '싫다.'고 말하지 않았으므로 혼인은 일사천리로 진행되었다. 약혼날짜를 받아놓고 처녀는 가슴이 쿵 내려앉았다. 자기도 모르게 뭔가 큰일을 저질러버린 것 같아서 몹시 두려웠다. 그 길로 처녀는 직장에 출근하는 대신 무작정 서울행 버스에 몸을 실었다.

양쪽 집안이 발칵 뒤집혔다. 청년의 집안에서는 당장 혼사를 무르자고 길길이 날뛰었고, 처녀의 집안에서는 손바닥이 닳아 없어지도록 싹싹 빌었다. 처녀의 오라비는 며칠만 말미를 준다면 온 고을을 다 뒤져서 반드시 찾아내겠다고, 찾아내서는 머리채를 끌고서라도 데리고 오겠다고 말하며 거듭 조아렸다. 식음을 전폐하고 앓아누웠던 청년은 이불을 걷어차고 일어나 처녀의 오라비를 따라가겠다고 나섰다. 머리채를 끌고 오다니! 그건 안 될 말이었다. 자기가 싫다고 도망간 사람이지만, 청년은 처녀를 여전히 사랑했다.

서울로 도망간 처녀는 봉제공장에 취직했다. 빈손으로 시작한 서울살이는 고생의 연속이었다. 집에서 뛰쳐나올 때 그만한 각오를 하지 않은 건 아니지만, 높은 나무를 맨몸으로 기어오르는 것처럼 사는 게 너무 힘들었다. 하루라도 눈물 흘리지 않는 날이 없었다. 그러던 어느 날, 생인손을 앓아 열손가락의 손톱이 모두 빠져버렸다. 처녀는 빠져버린 손톱을 앞에 놓고 엉엉 울었다. 아파서가 아니라 외로워서 울었다. 우는 동안 이상하게도 청년의 얼굴이 자꾸만 떠올랐다. 내가 벌을 받는구나, 그 사람을 울려놓고 내가 벌을 받는구나. 처녀는 울면서 짐을 꾸렸다.

이 이야기는 나의 부모님 이야기이다. 내가 아주 어릴 적에 어머니와 함께 당신의 처녀시절 사진을 보다가 듣게 되었다. 처녀인 어머니는 무척 예쁘고 싱그러웠다. 어린 나는 '예쁘고 젊은 엄마'가 자랑스러운 한편 신기하기도 해서 예쁘다, 예쁘다를 연발했다. 아마 그래서 우쭐해졌을 것이다, 어머니는. 어머니가 들려준 이야기에는 처녀를 사랑하는 청년만 있고 청년을 사랑하는 처녀는 없다. 이야기를 들을 당시의 나는 아버지가 어머니를 지고지순하게 사랑해서 참 좋았는데, 지금은 그 이야기가 진실의 절반만을 담고 있다고 생각한다. 둘의 사랑이야기가 공평하게 완성되려면 아버지의 이야기도 들어봐야 하리라. 하지만 나는 이 이야기를 미완성인 채 남겨두기로 한다. 자고로 사랑이란 그런 것 아니겠는가. 시소의 이쪽 끝과 저쪽 끝에 마주앉아 기울기를 서로 주고받는 것. 살면서 어머니가 아버지를 훨씬 사랑했던 때도 있었을 테니 둘은 분명 천생연분이다. 앞으로도 계속 재미있게 시소를 타시라.

언젠가 한 번은 부모님께 꼭 효도하고 싶었다. 두 분은 오남매를 낳고 모두에게 고루 사랑을 나눠주셨지만, 나는 내가 특별히 많은 사랑을 받았다고 생각한다.(아, 이 말을 보자마자 동생들이 전화해서 따질 것 같다. "언니(누나)가 뭘 몰라서 하는 소리 같은데, 사랑을 가장 많이 받은 사람은 바로 나라고!" 우리 남매들은 술만 먹으면 이 주제로 다툰다.) 입버릇처럼 허리가 아프다고 말하면 글 쓰느라 고생해서 그렇다며 안쓰러워하시는 두 분께 이 책이 '자랑할 만한 것'이 되었으면 좋겠다.

책을 묶어 내게 효도할 기회를 주신 〈청색종이〉 김태형 선생님과 훌륭한 분석으로 작품에 깊이와 생동감을 불어넣어주신 김대현 선생님, 그리고 내 모든 악행에도 불구하고 곁에 남아주신 친구, 선후배들께 특별한 감사를 전한다. 아울러 이 책에 실린 모든 글은 남편의 인내심 덕에 쓰였다는 사실을 밝힌다.

2022년 12월

검은돌마을에서 박혜지

수록작품 발표 지면

**무늬** 《영화가 있는 문학의 오늘》 2019년 여름호
**오래전 애인이 안부를 물을 때** 《충북작가》 2021년 상반기
**관계의 지정학** 《작가들》 2020년 겨울호
**아름답다** 《충북작가》 2018년 상반기
**복수가 이쯤은 되어야지** 《동안》 2018년 여름호
**오십 번지 서쪽** 《충북작가》 2017년 하반기
**비밀** 《충북작가》 2020년 하반기
**그럴 리가 없습니다** 《충북작가》 2015년 상반기
**침몰** 《충북작가》 2016년 상반기

청색지소설선 6

# 사랑, 입 니 까

박혜지 소설

초판 1쇄 발행 2022년 12월 29일

지은이　　박혜지
펴낸이　　김태형
펴낸곳　　청색종이
인쇄　　　범선문화인쇄
등록　　　2015년 4월 23일 제374-2015-000043호
주소　　　서울시 영등포구 문래동2가 14-15
전화　　　010-4327-3810
팩스　　　02-6280-5813
이메일　　bluepaperk@gmail.com
홈페이지　https://bluepaperk.com

ⓒ 박혜지, 2022

ISBN 979-11-89176-89-1　03810


이 도서는 한국문화예술위원회의 2022년도 아르코문학창작기금에 선정되어 발간되었습니다. 저작권법에 따라 보호받는 저작물이므로 저작권자와 출판사의 허락 없이 복제하거나 다른 용도로 사용할 수 없습니다.

값 13,000원